Déborah Lévy-Bertherat

Die weite Welt des Daniel Ascher

Roman

Deutsch von
Michael von Killisch-Horn

btb

Die Originalausgabe erschien 2013 unter dem Titel
»Les voyages de Daniel Ascher«
bei Éditions Payot & Rivages, Paris.

MIX
Papier aus verantwortungsvollen Quellen
FSC® C014496

Verlagsgruppe Random House FSC® N001967

1. Auflage
Deutsche Erstveröffentlichung Oktober 2016,

Neumarkter Str. 28, 81673 München
Umschlaggestaltung: semper smile, München
Umschlagmotiv: © Trevor Payne/Arcangel Images
Satz: Uhl + Massopust, Ahlen
Druck und Einband: GGP Media GmbH, Pößneck
cb · Herstellung: sc
Printed in Germany
ISBN 978-3-442-71411-7

www.btb-verlag.de
www.facebook.com/btbverlag
Besuchen Sie unseren LiteraturBlog www.transatlantik.de

Für ihr Archäologiestudium lässt die zielstrebige Hélène die Provinz hinter sich und zieht nach Paris. Dort kommt sie unter bei ihrem Großonkel Daniel, einem exzentrischen alten Weltenbummler und Schriftsteller – mit dem sie allerdings nie besonders viel verband: Seine Bücher hat sie nicht gelesen, und für die Mitbringsel aus den entlegensten Winkeln der Welt hat sie sich auch nie interessiert. Ihr neuer Freund Guillaume ist jedoch Feuer und Flamme, als er erfährt, dass Hélènes Großonkel der berühmte Autor der erfolgreichen *Die schwarze Marke*-Romane ist. Ihm zuliebe lässt sie sich auf seine Bücher ein – und entdeckt die Geschichte eines verlorenen Jungen und einer aussichtslosen Liebe: die Geschichte ihrer Familie.

Déborah Lévy-Bertherat lebt in Paris und unterrichtet dort vergleichende Literaturwissenschaften an einer Hochschule. Sie übersetzt mit Erfolg russische Literatur ins Französische und widmet sich nebenbei ihren eigenen Büchern. »Die weite Welt des Daniel Ascher« ist ihr erster Roman.

Für Jérôme, Émile, Irène und Georges

»Peter, woher kommt eigentlich Ihre Liebe zum Abenteuer?«
»Ich weiß nicht.«
Er betrachtete das offene Meer, die Wolken, die sich zusammenballten. Er hatte sein ganzes Leben die Meere und Kontinente durchstreift, und bisweilen überkam ihn der Wunsch, sich irgendwo niederzulassen.
Die eisige Gischt peitschte sein Gesicht. Er fuhr sich mit der Zunge über die Lippen. Das war die Antwort: der Salzgeschmack …

H. R. Sanders, *L'Appel de Gibraltar*

Der Junge könnte bei Hause glücklich seyn; geht er aber ins Ausland, so wird er der elendeste Mensch auf der Welt.

Daniel Defoe, *Robinson Crusoe*

Erster Teil

September – Dezember 1999

I

DAS ABENTEUER IN DIESEM PARK

Wenn Hélène an jenen Herbst zurückdenkt, an ihren ersten Herbst in Paris, dann erinnert sie sich als Erstes an die Spaziergänge mit ihrem kleinen Nachbarn im Jardin du Luxembourg. Jonas' Gewohnheiten hatten die Starre eines Rituals. Sobald sie durch das Gittertor gegangen waren, rannte er los und versteckte sich in dem leeren Häuschen des Wächters, schloss die niedrige Tür, hinter der gerade mal der Ansatz seines Haarschopfes zu sehen war, blieb ein paar Sekunden, so lange, wie der Löwe dort lauerte oder Hélène ihn suchte und so tat, als mache sie sich Sorgen, und schoss dann mit einem triumphierenden Lachen wieder hervor. Von einer Bank am Rand des Sandkastens aus schaute sie ihm zu, wie er im Sand buddelte, und von Zeit zu Zeit kam er zu ihr, um ihr eine Münze zu geben, die er gefunden hatte und die sie in ihrer Hand aufbewahren sollte. In den Alleen sammelte er glatte, glänzende Rosskastanien und füllte seine und Hélènes Taschen damit. Wenn es keine Kastanien mehr gab, machte er für seine Mutter aus welken Blättern Sträuße, die den Geruch von Erde und Regen nach Hause brachten.

Guillaume begleitete sie häufig. Hélène kannte ihn erst seit Kurzem, er war Student ihres Jahrgangs am Archäologischen Institut, an dem sie sich nach drei endlosen Jahren an der Fakultät für Geschichtswissenschaft der Universität von Orléans endlich eingeschrieben hatte. Er war ihr gleich in den ersten Tagen wegen seiner Größe aufgefallen, und während der Vorlesungen richtete sie, zwei, drei Reihen hinter ihm sitzend, manchmal den Blick auf seinen Nacken, wo der Haaransatz sehr tief war. Sie wären wohl besser keine Freunde geworden. Hélène war zwanzig, wollte aber älter wirken, sie steckte ihr Haar zu einem Knoten, trug hochhackige Schuhe und benutzte einen scharlachroten Lippenstift. Guillaume war zwei Jahre älter als sie, doch er hing leidenschaftlich an allem, was ihn an seine Kindheit erinnerte, und wenn sie im Jardin du Luxembourg spazieren gingen, spendierte er Jonas eine Runde auf dem Karussell, weil es ihm Spaß machte, ihm zuzuschauen. Der Junge fuchtelte wild mit seinem Stock hin und her, und Guillaume rief ihm zu, der Ring, versuch den Ring zu erwischen, am liebsten wäre er selbst vier gewesen, um auf dem Elefanten zu reiten. Am Kiosk kaufte er Krokodile aus Gelatine, die er zum größten Teil selbst aß. Er erzählte Jonas Geschichten von Abenteurern, die sich im birmanischen Dschungel oder im Amazonaswald verirrt hatten, brachte ihm bei, das Geräusch eines defekten zweimotorigen Flugzeugs nachzumachen, und Jonas bemühte sich so sehr, dass er spuckte.

Auf einem dieser Spaziergänge Mitte Oktober erzählte Guillaume zum ersten Mal von *Das schwarze Zeichen*. Sie saßen in Sesseln in der Allee des Obstgartens, die Füße auf Stühle gelegt, während Jonas auf einem anderen Stuhl Goldklümpchen nebeneinanderlegte, die er sorgfältig zählte. An dem Tag erinnerte sich Guillaume all der Sammlungen, die er in seiner Kindheit gehabt hatte. Briefmarken, durchbohrte Steine, Kirschkerne, Comics, *Tim und Struppi*, *Die Abenteuer von Tanguy und Laverdure*, *Blake und Mortimer*, die Romanserien *Michel*, *Les Six Compagnons* und seine Lieblingsserie *Das schwarze Zeichen*. Er liebte besonders den ersten Band, der mit einem Flugzeugabsturz begann, der Held hatte schwer verletzt als Einziger überlebt. Jonas hatte seine Berechnungen unterbrochen, um der Geschichte zuzuhören. Hélène stand auf, Rücken und Gesäß taten ihr weh, weil sie zu lange auf einem Metallstuhl gesessen hatte.

Sie machte ein paar Schritte, etwas weiter entfernt, hinter dem Drahtzaun, pflückte ein Gärtner Äpfel, schon erstaunlich, Äpfel mitten in Paris, sie rief die Jungs, schaut mal, das ist seltsam, doch sie hörten ihr nicht zu. Der Gärtner füllte seinen Korb und ging, der Tag war vorbei, Hélène sagte, es sei spät, sie müssten nach Hause gehen, bald werde man die Pfiffe hören, die ankündigten, dass der Park geschlossen werde, und Guillaume versprach Jonas, die Geschichte beim nächsten Mal weiterzuerzählen. Hélène half Jonas, seine Steine in die Tasche zu stecken, und nahm seine Hand, um nach Hause zu gehen.

II

EIN MANSARDENZIMMER

Sie war gerade in ein kleines Mansardenzimmer in der Rue Vavin gezogen, ganz in der Nähe des Archäologischen Instituts in der Rue Michelet. Der Onkel ihres Vaters hatte es ihr zur Verfügung gestellt, er lebte im Erdgeschoss, doch seit sie dort wohnte, hatte sie ihn noch nicht gesehen, er war auf Reisen. Da sie so gut wie keine Berührungspunkte mit ihm hatte, kam ihr diese Abwesenheit ganz gelegen. Das Zimmer war niedrig und so klein, dass das Bett die ganze hintere Wand einnahm, doch es hatte ein richtiges Fenster, das man öffnen konnte, indem man sich auf das Bett kniete, und von dem aus man im Hof des Hauses einen kleinen, schmächtigen Baum, auf einer Mauer einen Riss, der die Silhouette eines alten Mannes zeichnete, und jenseits der Zinkdächer die Spitze des Eiffelturms sehen konnte.

Sie kannte Paris nicht sehr gut, doch in diesem Viertel zwischen Montparnasse und dem Jardin du Luxembourg war sie in der ersten Zeit nach ihrer Ankunft Ende September viel spazieren gegangen, das schöne Wetter ausnutzend. Der ganze Herbst war im Übrigen erstaunlich mild gewesen, was eigentlich hätte misstrauisch machen müssen, doch wer hätte schon die Heftigkeit der Unwetter ahnen können, die heraufziehen sollten? Hélène erkundete die Umgebung, betrachtete in der Rue Vavin und der Rue Bréa die Schaufenster, alte Bücher, einen China-Imbiss und die Bonbonverkäuferin, die dem Drogisten zuwinkte, der unter seiner Markise bunte Eimer aufhängte. In der Rue Notre-Dame-des-Champs verbarg die raue Statue des Hauptmanns Dreyfus zwischen staubigen Sträuchern ihr Gesicht hinter einem abgebrochenen Säbel. Nach und nach zogen ihre Spaziergänge immer weitere Kreise.

Die Nachbarn hielten sie für die Nichte von Monsieur Roche, sie verbesserte, Großnichte, oh, pardon, er wirkt so jung. Er hatte nichts von seiner Familie erzählt, doch seine Nachbarn wussten, dass er nach Feuerland gereist war und am 24. Oktober zurückkam, ganz schön mutig, was für ein erstaunlicher Mann, sie hatte das Gefühl, dass sie von jemand anderem sprachen. Eine Nachbarin hatte sie sofort gebeten, ihren Sohn vom Kindergarten abzuholen, und Hélène hatte es sich zur Gewohnheit gemacht, zweimal pro Woche mit Jonas bis zum Abend in den Jardin du Luxembourg zu gehen.

Eines Nachmittags gegen Mitte Oktober begegnete sie in der Toreinfahrt des Hauses vor den Briefkästen einem sehr alten Paar, der Mann lüpfte seine Glencheck-Kappe und entblößte auf seinem Schädel ein Archipel aus braunen Flecken, er schüttelte ihre Hand, Sie sind also die Archäologin, willkommen im Haus, Daniel hat Ihnen sicher von uns erzählt, Colette und Jacques Peyrelevade, doch der Name sagte ihr nichts. Seine Frau küsste sie auf die Wangen und sagte Hélène, die berühmte Hélène, ihre Stimme war die einer jungen Frau, doch sie fand die Worte nicht, aus ihrem Knoten hing, wie eine lose Flaggleine, eine lange Strähne grauer Haare. Beide waren hocherfreut, weil sie soeben in ihrem Briefkasten eine Postkarte gefunden hatten, ein wunderschönes Foto der Berge von Patagonien, geschickt aus Ushuaia, Daniel vergesse sie nie, von jeder Reise schicke er ihnen eine. Hélène öffnete ihren Briefkasten, er war leer, sie hatte noch nie eine Postkarte von ihrem Großonkel bekommen und, soweit sie wusste, auch kein anderes Mitglied ihrer Familie.

Da Daniel einen Teil des Jahres durch die Weltgeschichte reiste, sah man ihn kaum bei den Familientreffen. Bei seinen wenigen Besuchen pflegte er zu spät zu kommen, schlecht frisiert, eine Spitze seines Hemdkragens schaute unter dem unvermeidlichen abgetragenen und zerknitterten beigefarbenen Parka hervor. Als kleines Mädchen hatte Hélène dieser Parka mit seinen zahllosen verschieden großen Außen- und Innentaschen fasziniert, sogar auf den Ärmeln gab es welche.

Bei den großen Familienessen setzte sich Daniel, wenn er da war, stets an den Kindertisch, abseits von den Erwachsenen. Die Kleinen wollten Geschichten von ihm hören, und er erzählte die abstrusesten Abenteuer, rollte mit den Augen, ahmte die Stimmen, die Akzente, die Schreie der Tiere nach, schilderte haarsträubende Situationen, riss einen Kalauer nach dem anderen und lachte plötzlich laut los, ohne dass man so recht wusste, warum. Ein Stück aufgeschnittene Baguette wurde zum Maul eines Kaimans, der ihn im braunen Wasser des Orinoco verfolgte, und er stand auf und schwamm im Kraulstil vor ihm davon. Oder es war Winter mitten in der Taiga, seine Lampe erlosch, er war von heulenden Wölfen umzingelt, sein aufgerichtetes Besteck zitterte unter der Serviette wie Zeltpflöcke im Sturm. Die Eltern versuchten ihn zum Schweigen zu bringen, du siehst doch, du machst ihnen Angst, aber er hörte nicht auf sie und erzählte immer weiter, solange die Kinder ihn darum baten. Hélènes Bruder lachte schallend, doch sie wusste, dass sie ihn in der Nacht wie jedes Mal im Schlaf würde reden hören.

Gegen Ende des Essens klopfte der Großvater mit dem Messer gegen sein Glas, um alle um Ruhe zu bitten, und sagte ein paar Worte mit seiner sonoren Stimme, die es gewohnt war, sich auf dem Pausenhof Gehör zu verschaffen, und danach wurde gesungen. Die Kleinen standen vom Tisch auf, doch Daniel blieb stumm sitzen, den Blick ins Leere gerichtet, und berührte in Abständen die Tasche seines Hemds auf der Seite des Herzens. Er trug immer und überall Hemden mit Knöpfen an den Taschen, und die linke, die stets geschlossen war, enthielt einen zigarettenetuigroßen Gegenstand, den man durch den Stoff nicht zu erkennen vermochte.

Sie ließ die Peyrelevades mit ihrer Postkarte aus Patagonien allein in der Eingangshalle und ging in ihr Zimmer im fünften Stock hinauf. Sie löste den Haarknoten, zog die hochhackigen Schuhe aus, in denen sie sich die Knöchel verstauchte, und blieb barfuß, um die Kühle der Bodenplatten aus gebranntem Ton zu genießen. Sie hatte sich schnell an die Winzigkeit ihres Zimmers gewöhnt, die vom Blick über die Dächer von Paris wettgemacht wurde, und sie schätzte es sehr, dass sie essen konnte, was sie wollte, wann sie wollte. Abends legte sie sich aufs Bett, stützte die Füße auf den Fenstersims und las, einen Beutel mit Feigen in Reichweite, in einem Buch, das sie in der Bibliothek des Instituts ausgeliehen hatte.

Das Einzige, was ihr anfangs in dem Zimmer nicht gefallen hatte, war die gerahmte Reproduktion eines Gemäldes an der Wand, das Porträt eines jungen Mädchens in weißem Kleid, mit einem Kerzenleuchter im Hintergrund. Auf diesem Schwarzweißfoto, das vermutlich kleiner war als das Original, wirkte das Bild düster, der Körper war verzerrt, die Augen weit aufgerissen, die Finger lagen auf den Knien. Am schlimmsten war es abends, wenn die untergehende Sonne sich im Glas spiegelte und das Kleid in Brand setzte und das Mädchen sich inmitten der Flammen krümmte. Der Rahmen war an die Wand genagelt, weswegen es unmöglich war, das Bild abzuhängen. Nach ein paar Tagen hatte sie, weil sie es nicht mehr ertrug, ein Foto der Erde, aufgenommen im All, das sie aus einem Magazin ausgeschnitten hatte, darübergeklebt und nicht mehr daran gedacht.

III

DER RIESIGE ATLAS

Die Vorlesungen und Seminare am Archäologischen Institut hatten in den ersten Oktobertagen begonnen. Anfangs war sie überzeugt, die anderen Studenten, die älter waren und bereits drei Jahre Erfahrung hatten, wüssten mehr als sie. Sie hatte nur ein einziges Praktikum gemacht, im vorigen Sommer bei präventiven Ausgrabungen unter der Metro in der Cité judiciaire in Toulouse, wo ein Kinderfriedhof entdeckt worden war. Sie war überzeugt, das sei nicht viel, und wenn sie ihre Kommilitonen mit geheimnisvollen Namen herumwerfen hörte, dachte sie, sie würde ihr Leben lang eine Anfängerin bleiben. Doch merkwürdigerweise hatte diese einzige Erfahrung genügt, die anderen von der ersten Unterhaltung an zu überzeugen. Sie hatte verstanden, dass eine Nekropole, und vor allem ein Kinderfriedhof, für einen angehenden Archäologen das Gleiche bedeutete wie die Chirurgie für einen Medizinstudenten, eine Art Einführung, bei der man ebenso viel lernte wie bei mehreren Praktika hintereinander.

Und so hatte ein kleiner Kreis von Studenten, zu denen auch Guillaume gehörte, sie sehr schnell akzeptiert. Als sie das erste Mal zusammen zu Mittag gegessen hatten, war es noch schön genug gewesen, um im Park des Observatoriums zu picknicken, direkt gegenüber dem Institut, dessen Fassade aus rotem Ziegelstein mit ihren rautenförmigen Reliefs wie der Pullover eines Riesen wirkte. Sie saßen zu sechst auf dem Rasen, die einen wie Römer bei Tisch liegend, die anderen im Schneidersitz wie ägyptische Schreiber, und alle sprachen über ihre Projekte, sie hatten ihre Spezialgebiete gewählt, Ägyptologie, lateinische Paläografie, karolingische Skulptur, Kirchen des Nahen Ostens, und Hélène hörte ihnen wortlos zu.

Doch sobald das Essen beendet war und sie aufgestanden waren, waren sie nicht mehr dieselben. Zwei Mädchen fingen an, mit Büchern und einem Ball aus zusammengeknülltem Papier Pingpong zu spielen. Und Guillaume, der mit seiner Plastikgabel im Sandkasten buddelte und groteske Grimassen schnitt, wenn er einen dünnen Zweig oder eine Bierflaschenkappe zutage förderte, löste brüllendes Gelächter bei den anderen aus. Hélène lachte mit ihnen, doch sie war nicht sicher, ob sie es komisch finden sollte.

Zwei Tage später arbeitete sie in der Bibliothek des Instituts, um ein Referat vorzubereiten, und lieh einen alten Atlas im Planoformat aus, der aufgeschlagen so groß wie ein halbes Bett war. Es war unmöglich, das obere Ende der Seite zu sehen, es sei denn, man legte sich auf das Buch. Jemand, der an einem Tisch hinter ihr saß, stand auf und kam zu ihr, und sie erkannte Guillaume. Während er mit ihr sprach, beugte er sich zu ihr hinab, weißt du, hinten im Saal gibt es einen speziellen Tresen, auf den man diese Formate legen kann. Und bevor sie etwas sagen konnte, hatte er den Atlas schon mitgenommen, und anstatt zu gehen, blieb er und betrachtete die Karte, mit der sie arbeitete, und ließ einen Finger langsam einen Fluss entlanggleiten. Diese riesigen Atlanten seien Abenteuerromane, man betrete sie und reise auf Papier, man müsse lediglich schrumpfen wie Alice. Sie erwiderte, dazu habe sie keine Lust, außerdem würden diese Atlanten sie seekrank machen. Sie hatte bereits bemerkt, dass Guillaume den Kopf nach hinten warf, wenn er lachte, was seinen Adamsapfel hervortreten ließ. Bevor er ging, schnupperte er am Papier des Atlas, ich liebe diesen Geruch, es riecht nach Safran, sie schüttelte den Kopf, von wegen, das stinkt nach altem Buch. Auch später noch, als sie Guillaume besser kannte, fragte sie sich, wie er es anstellte, alles, was er berührte, in ein Spiel zu verwandeln.

IV

ONKEL DANIEL

Hélène hatte die Geschichten ihres Großonkels, das ewige Spektakel, das er den Kindern bei den Familienessen bot, schnell sattbekommen. Seine Abenteuer ähnelten sich, es ging immer um Stürme, wilde Tiere, skrupellose Ganoven, und die überraschenden Wendungen, wodurch sich die aussichtslosen Situationen kurz vor der Katastrophe zum Guten wendeten, waren immer die gleichen. Sich selbst gab er stets die Rolle des besonders Schlauen, am Ende triumphierte immer er. Als sie zehn oder elf war, hatte sie darum gebeten, sich zu den Erwachsenen setzen zu dürfen. Von dort aus konnte sie Onkel Daniel immer noch sehen, doch sie hörte ihn nicht mehr, es war, als hätte man den Ton abgeschaltet, und seine Gesten wirkten dadurch noch überspannter. Sie sah ihn mit ruckartigen Bewegungen wie in einem Stummfilm durch das Zimmer wandern. Der Großvater nannte ihn einen Clown, und sie fand, dass er in der Tat etwas Chaplineskes hatte.

Hélène hatte immer das Gefühl gehabt, dass ihr Großonkel in der Familie ein Außenseiter war, und das nicht nur wegen seines krausen Haars und seiner blauen Augen. Ihre Großmutter sagte nie mein Bruder, wenn sie von ihm sprach, wohingegen sie Tante Paule meine Schwester nannte. Die Roches waren stets sesshaft gewesen, immer schon mit ihren Bergen der Auvergne verbunden, auch wenn manche sich, wie Hélènes Vater, ein wenig von ihnen entfernt hatten. Daniel hatte Hummeln im Hintern, er war pausenlos auf Reisen. Er war der Einzige, der nicht geheiratet hatte, dabei hatte Hélène ihre Mutter sagen hören, es sei schade, dass er sich immer so schlampig kleide, schließlich sei er alles andere als hässlich. Doch vor allem hatten die Roches richtige Berufe, Viehzüchter, Hebamme, Grundschullehrer, während Daniel einen komischen Broterwerb gewählt hatte, er schrieb, ausgehend von seinen Reisen, Abenteuerromane für Jugendliche. Unter dem Pseudonym H. R. Sanders war er der Autor der Serie *Das schwarze Zeichen*, die sehr erfolgreich war und immer noch ist und in mehrere Sprachen übersetzt und fürs Fernsehen und Kino verfilmt wurde. Auf der Rückseite von jedem Buch kann man lesen: *Spannende Abenteuer, in denen der Held in den abgelegensten Gegenden und in jedem Klima tausend Gefahren trotzt, um der Gerechtigkeit und der Wahrheit zum Sieg zu verhelfen.*

Als Hélène nach Paris zog, war er beim dreiundzwanzigsten Band angelangt, doch in den Augen der Roches hatten dreiundzwanzig Bücher nicht ausgereicht, um aus Daniel einen geachteten Mann zu machen. Auch wenn ihm das Schreiben ein angenehmes Leben ermöglichte, war es für sie bestenfalls ein Zeitvertreib, eine Liebhaberei, vor allem der Großvater nannte es Kinderei. Das Gleiche hätte er vielleicht auch von der Archäologie gesagt. Er war im Februar gestorben, kurz vor Hélènes zwanzigstem Geburtstag, und sehr viel später sollte sie sich fragen, ob sie sich zu Lebzeiten ihres Großvaters getraut hätte, sich für diese Schnitzeljagd à la Indiana Jones zu begeistern.

Zu ihrem zehnten Geburtstag und zum achten ihres Bruders hatte Onkel Daniel ihnen im selben Paket die ersten vier Bände von *Das schwarze Zeichen* geschickt. Und danach hatte er ihnen ein- oder zweimal im Jahr, immer wenn sie erschienen, die nächsten geschenkt, jedes Mal mit der gleichen Widmung: *Für Hélène und Antoine, mit all meiner Liebe, Daniel H. R.* Die rot-grauen Einbände füllten nach und nach ein Regal in Antoines Zimmer. Er verschlang sie begeistert, voller Stolz, der Großneffe des Autors zu sein, und er verspürte eine gewisse Verantwortung ihm gegenüber, in der Schule oder anderswo. Er zeigte die Widmungen seinen Freunden, und gemeinsam spielten sie auf Stühlen stehend oder versteckt hinter dem Sofa im Wohnzimmer abenteuerliche Szenen nach, in denen sie abwechselnd Peter Ashley-Mill, seine Feinde und seine Verbündeten in den Ruinen von Machu Picchu oder im Dschungel von Borneo verkörperten.

Vielleicht zweimal im Jahr besuchte Daniel sie in Orléans und brachte den Kindern Souvenirs von seiner letzten Reise mit. In der Diele suchte er, bevor er seinen beigefarbenen Parka auszog, mit Clownsgrimassen in den zahlreichen Taschen und richtete es absichtlich so ein, dass er ihre Geschenke erst in den beiden letzten fand. Antoine bekam stets einen anderen Gegenstand, die abgestreifte Haut einer Kobra, das Samenkorn eines Affenbrotbaums, ägyptisches Papyrus, und Hélène einen sonderbaren Stein, mit dem sie nichts anfangen konnte. Ihr Vater stellte die Sammlung mit Namensschildern versehen in einer Vitrine aus, *Aventurin aus Brasilien*, *Amazonit aus Äthiopien*, *Skolezit aus Bombay*, *gelber Jaspis aus Madagaskar*, und sagte ihr, diese Steine seien sehr wertvoll, später wirst du das verstehen, doch sie fand die Geschenke ihres Bruders viel interessanter.

Beim Essen sprach Daniel fast nur mit Antoine, der ihn über die letzten Abenteuer von Ashley-Mill ausfragte, und kam auf dieses oder jenes Detail zurück. Hélène war überzeugt, dass er seine Geschichten für ihren Bruder schrieb und sie überhaupt nicht zählte. Bei der ersten Gelegenheit verließ sie den Raum, aus Angst, er könnte bemerken, dass sie sich nicht für *Das schwarze Zeichen* interessierte und nichts davon wissen wollte. Dennoch hatte sie den ersten Band der Serie, *Die Fährleute des Amazonas*, zu lesen begonnen, hatte sich bemüht, dem verletzten Helden durch den Regenwald zu folgen, dann jedoch noch vor dem Ende des dritten Kapitels aufgegeben. Sie versuchte sich einzureden, dass das Geschichten für Jungs waren. Vielleicht fürchtete sie, Erzählungen zu lesen, die Daniel in gewisser

Weise bei den Familientreffen getestet hatte. Vor allem aber fand sie sich zu alt, um sich von derlei Abenteuern fesseln zu lassen.

In Wahrheit war Daniel, wenn er nach Orléans kam, nicht ganz derselbe wie bei den großen Familienessen. Die Cousins und Cousinen waren nicht da, es gab nur sie beide, und vor diesem Minipublikum bramarbasierte er weniger. Und die Abenteuer, die er erzählte, waren nicht mehr seine, sondern die seines Helden, Peter Ashley-Mill. Hélènes Eltern behandelten ihn, im Gegensatz zu den anderen, insbesondere dem Großvater, mit einer gewissen Nachsicht. Von Zeit zu Zeit berührte er beim Reden seine Brusttasche und fuhr mit dem Finger über den Rand des zigarettenetuigroßen Gegenstandes, den sie enthielt, als wollte er sich vergewissern, dass er noch da war. Manchmal tauchten in seinen Sätzen auch merkwürdige, unverständliche Wörter auf, die man ihn nie bei den Familientreffen sagen hörte, sondern nur hier bei ihnen in Orléans. Er machte sich nicht die Mühe, sie zu übersetzen, und Hélène vermutete, dass es sich um Wörter aus exotischen Sprachen handelte, die er von seinen Reisen in ferne Länder mitgebracht hatte.

V

DER ZORN DER CARINAUA

Jonas' letztes Ritual bei seinen Spaziergängen mit Hélène im Jardin du Luxembourg vollzog sich, wenn sie nach Hause kamen. Anstatt direkt zu sich in den dritten Stock hinaufzugehen, klingelte er im zweiten, Madame Peyrelevade empfing ihn mit ihrer singenden Stimme, und er lief zu einem Wandschrank, in dem sich altes Spielzeug befand. Besonders liebte er einen ganz kleinen Fotoapparat, *Ricordo di Napoli*, nicht nur wegen der Ansichten von Neapel, sondern weil er Fotograf spielen konnte. Madame Peyrelevade setzte sich aufs Sofa, zog ihren Rock über die Knie und posierte für ihn. Eines Tages im Oktober drehte sie sich in diesem Zusammenhang zu Hélène um, es gebe da etwas, das sie ihr zeigen wolle, sie vergesse es immer. Und sie führte sie in ihr Schlafzimmer. Über dem Empirebett hing in einem Mahagonirahmen ein Foto von ihrer Hochzeit mit fünfzehn oder zwanzig Personen, sehen Sie, ich hatte ganz schwarzes Haar, man konnte es unter dem Schleier erkennen, und mein Jim, kerzengerade, was für ein schöner Mann. Sie hatten 1941 geheiratet, sechzig Jahre übernächstes Jahr, das muss man sich mal vorstellen. In der ersten Reihe saßen vier kleine Jungs im Schneidersitz auf dem Boden, drei waren ordentlich gekämmt, weißes kurzärmeliges Hemd und weiße Socken, aber der vierte schien nicht dem Anlass angemessen gekleidet mit seiner gestreiften Strickjacke und der großen braunen Locke, die ihm in die Stirn fiel. Die magere Hand der alten Frau zitterte leicht auf dem Rand des Rahmens, sie schien etwas zu suchen, fuhr immer wieder über die Gesichter, das von Jim vor allem, doch in diesem Augenblick tat Jonas sich weh, und sie liefen zu ihm, um ihn zu trösten.

Am nächsten Tag regnete es, und die Studenten konnten nicht auf dem Rasen des Observatoriumsparks zu Mittag essen. Da Hélène näher beim Institut wohnte als die anderen, schlug sie ihnen vor, zu ihr zu gehen. Sobald sie ihr Zimmer betraten, bereute sie es bereits, sie eingeladen zu haben, sie waren sechs, doch man hätte meinen können, sie wären zwanzig oder die Wände wären zusammengerückt. Sie setzten sich überall hin, aufs Bett, auf den Stuhl, Guillaume wählte den Boden und umschlang seine angezogenen Beine mit den Armen wie eine Inka-Mumie.

Es war wie jedes Mal, sie sprachen über Archäologie, bis sie ihre Sandwiches aufgegessen hatten, und dann wurden sie wieder zu Kindern. Sie verteilten sich im ganzen Zimmer, manche schlugen die Bücher auf, andere betasteten die Stifte und den Nippes, den Hélène von ihren

Eltern mitgenommen hatte, gekauft auf Trödelmärkten, als sie Gefallen an alten Dingen gefunden hatte, eine ausgestopfte Meise, ein Aschenbecher in Form eines Schädels, eine schillernde Glaskugel, die wie eine Seifenblase aussah. Einerseits war sie geschmeichelt, dass sie sich für ihre bescheidenen Schätze interessierten, andererseits erfüllte es sie mit Sorge, mitanzusehen, wie sie diese so zerbrechlichen Gegenstände in die Hand nahmen.

Zwei Mädchen lehnten sich aus dem Fenster, um zu rauchen, und waren so begeistert von der Aussicht, dass die anderen ihnen folgten. Bald knieten alle auf dem Bett und drängelten sich, um den Eiffelturm zu sehen. Nur Guillaume erkundete weiter das Zimmer, die Seite aus dem Magazin, die sie auf das Glas des Rahmens geklebt hatte, machte ihn neugierig, Hélène nahm sie ab, und er schrie fast, ich kenne das Bild. Es sei *Das Mädchen mit dem Kerzenleuchter* von Soutine, er habe es nie gesehen, aber er habe die Beschreibung in einem Roman gelesen. Diejenigen am Fenster drehten sich um, ein Junge sagte, ja, ich erinnere mich, das war in einem Band von *Das schwarze Zeichen*, es erzählt vom Libanonkrieg, er hatte den Titel vergessen. Guillaume wusste ihn, es sei *Honig, Milch und Pulver*. Als er dieses Porträt an der einzigen noch stehen gebliebenen Wand eines bombardierten Hauses habe hängen sehen, habe Peter Ashley-Mill den Stil des Malers erkannt, dem er als Kind begegnet war. Das sei übrigens die einzige Passage in der ganzen Serie, in der von Peters Kindheit die Rede sei.

Nach und nach erfüllten die Gespräche das Zimmer, antworteten sich, überlappten sich. Alle hatten mehrere Geschichten aus *Das schwarze Zeichen* gelesen, manche sogar die ganze Serie, sie erinnerten sich an jedes Buch, daran, wer es ihnen geschenkt hatte, an die Personen, die sie geliebt hatten, die kleine Bettlerin, die auf einen Wolkenkratzer klettert, um ihren Vater zu befreien, in *Der Gefangene von Mumbai*, der junge Lumpensammler aus Kairo, der seine Schwester rettet, in *Der Skarabäus von Henuttaneb*, oder die chinesische Bäuerin, die in einem Brunnen einen Terrakottasoldaten findet, und vor allem natürlich Peter, den einsamen Abenteurer, von dem alle schwärmten, zerstreut und tollpatschig, der jedoch alle Fallen durchschaut und unweigerlich die Bedürftigen der ganzen Erde rettet. Die Spezialistin für lateinische Epigrafik hatte sich mit einem Filzstift sogar die Tätowierung ihres Helden auf den Arm gezeichnet.

Hélène hörte stumm zu, all diese Namen, Itsmy, Ahyam, Mi You, erinnerten sie an die Kinderspiele ihres Bruders, und sie wunderte sich, dass die Studenten in ihrem Alter über diese Personen redeten, als hätten sie sie gestern noch getroffen. Sie waren sich uneins über *Die Fährleute des Amazonas*, den ersten Band. Guillaume fand den Zorn der Carinaua ungerechtfertigt, sie hatten Peter gerettet, der alte Kazike Umoro nannte ihn meinen Sohn, und plötzlich banden sie ihn ohne ersichtlichen Grund an einem Kanu fest, fuhren ihn über den Fluss und drohten, ihn umzubringen, sollte er zurückkommen. Man suchte nach einer Erklärung, die Indianer wollten vielleicht ihren Wald schützen, sie vermuteten, ein Weißer könnte sie verraten, doch Guillaume weigerte sich zuzugeben, dass Peter ein Verräter sein könnte. Sie sprachen so laut, dass Hélène, um sie zum Schweigen zu bringen, versuchte, ihnen zu sagen, dass ihr Großonkel der Autor dieser Romane sei, doch ihre Stimme verlor sich in dem Lärm, und niemand hörte sie.

An diesem Abend fand sie in ihrem Briefkasten eine Postkarte aus Patagonien mit einer wunderschönen Briefmarke, abgeschickt in Ushuaia, niedrige Häuser vor Bergen. Sie erkannte die Schrift ihres Großonkels, diejenige von den Widmungen in den Romanen von *Das schwarze Zeichen*, in der sich die geneigten Buchstaben mit winzigen Haken aneinanderklammerten, als hätten sie Angst, sich zu verlieren. *Meine liebe Hélène, ich hoffe, Du hast Dich gut eingerichtet in der Rue Vavin. Hier ist es herrlich. Ich werde Dir ausführlich erzählen, aber nur, wenn Du darauf bestehst … Mit all meiner Liebe. Daniel H. R.*

VI

EINE RUMPELKAMMER

Am 24. Oktober, genau einen Monat, nachdem Hélène in Paris angekommen war, kam Onkel Daniel von seiner Reise zurück, wie die Nachbarn es bereits angekündigt hatten. Als sie an diesem Abend an ihrem Fenster eine Zigarette rauchte, sah sie, wie er über den fast schon dunklen Hof mit einem großen Müllsack, der ungewöhnlich schwer zu sein schien, zum Schuppen ging. Von oben sah er kleiner aus, auf seinem Kopf war eine lichte Stelle zu erkennen, und sein Rücken war leicht krumm geworden, seit sie ihn das letzte Mal gesehen hatte. Da er sich nicht beobachtet fühlte, bewegte er sich nicht wie sonst mit schwungvollem, tänzelndem Schritt, sondern ging müde und schwerfällig.

Daniels genaues Alter war Hélène lange unbekannt gewesen. Sie wusste, dass er das jüngste der drei Roche-Kinder war, und hatte sich nie gewundert, dass es von ihm im Familienalbum, im Gegensatz zu seinen Schwestern, keine Fotos gab, die ihn als ganz kleines Kind zeigten. Er tauchte zum ersten Mal auf einem Foto der Jungenschule in Saint-

Ferréol auf, mit kurz geschnittenem Haar, Kittel und Holzschuhen zwischen anderen Schülern. Sein Leben begann mit diesem Foto.

Am Ende der Kindheit hatte sie ihren Vater dann doch gefragt, warum man Daniel als Baby nicht wie seine Schwestern zum Fotografen gebracht hatte. Ihr Vater war sich mit der Hand übers Gesicht gefahren, man habe ihn nicht fotografieren lassen, weil er nicht in der Familie geboren worden sei, er sei im Krieg nach Saint-Ferréol gekommen, er sei ein Waisenkind gewesen, das die Roches bei sich aufgenommen und später adoptiert hätten. Die Worte Krieg und Waisenkind bildeten für Hélène eine Einheit, Kriege töten die Eltern, man muss sich nicht ausmalen, wie das geschieht, und sie ging über die fehlende Episode in Daniels Leben hinweg, so wie sie als kleines Mädchen im *Babar*-Bilderbuch die Seite mit dem Tod der Mutter überblättert hatte.

Diese Enthüllung erklärte, warum Daniel in der Familie stets wie ein Fremdkörper für sie gewirkt hatte. Und das war vielleicht auch der Grund, warum er sich nach wie vor wie ein kleiner Junge benommen hatte, als hätte er aufgehört, älter zu werden, als er zu den Roches gekommen war, als wäre er immer zehn geblieben. Und Hélène hatte sich mit ihren elf Jahren für erwachsener als er gehalten. Trotzdem hatte sie es merkwürdig gefunden, dass er seine ersten Eltern so sehr vergessen hatte, dass er nie von ihnen sprach, und um das nachzuempfinden, hatte sie versucht, die Gesichter ihres Vaters und ihrer Mutter aus ihrem Gedächtnis zu löschen, doch je mehr sie sich bemüht hatte, desto deutlicher waren sie vor ihrem inneren Auge erschienen.

Später erfuhr sie von ihrem Großvater, dass sein richtiger Name Daniel Ascher laute und dass er Jude sei. Von diesen wenigen Andeutungen abgesehen, hatten weder Daniel noch die anderen Familienmitglieder jemals über seine Herkunft gesprochen, und sie ahnte, dass man besser keine Fragen stellte, aus Angst, wer weiß was für ein Messer in wer weiß was für einer Wunde umzudrehen. Sie wusste nichts über das frühere Leben von Daniel, seine Eltern und Geschwister, falls er welche gehabt hatte, und wollte auch nichts wissen. Diese Geschichte war nicht Teil der Familienerinnerungen, wie der Großvater sagte, das ging sie nichts an.

Als sie am Tag nach Daniels Rückkehr vom Institut nach Hause kam, fand sie eine Nachricht, die unter der Tür ihres Zimmers hindurchgeschoben worden war: *Ich bin gestern aus Feuerland zurückgekommen und habe Dir ein kleines Souvenir mitgebracht. Komm in den nächsten Tagen bei mir vorbei, wann immer Du willst, außer morgens wegen der Leidverschiebung*, mal wieder einer seiner idiotischen Kalauer. Die Vorstellung, dass er zu ihr heraufgestiegen war, behagte ihr nicht, und um zu vermeiden, dass er es noch einmal tat, beschloss sie, gleich am nächsten Tag zu ihm zu gehen.

Daniels Wohnung im Erdgeschoss hatte einen eigenen Zugang von der Eingangshalle aus. Hélène pochte lange mit dem Klopfer in Form eines Löwenkopfs gegen die Tür, bevor er öffnete. Sie war nur einmal in der Kindheit bei ihm gewesen, mit acht oder neun, die Wohnung war ihr wie eine Art faszinierendes Museum vorgekommen, voller Gegenstände aus sehr fernen Ländern, von denen sie nie gedacht hätte, dass sie einmal hier landen könnten. Sie erinnerte sich an den Schädel eines Rhinozerosses mit bläulichen Hörnern, Inkastatuetten aus Terrakotta, drei fratzenhafte afrikanische Masken, einen ausgestopften Alligator auf dem Kamin im Wohnzimmer, ein Tigerfell auf dem Fußboden mit Glasaugen und einem Maul voller lackierter Zähne, und vor allem, was sie und ihren Bruder geradezu hypnotisiert hatte, an den Schrumpfkopf eines Jivaro-Indianers mit langem schwarzem Haar und sorgfältig zugenähten Lippen.

Inzwischen befanden sich mit Sicherheit noch mehr Objekte in der Wohnung, doch das Tigerfell verlor Haare, der Rhinozerosschädel war verstaubt, und der Alligator auf dem Kamin sah aus wie eine Eidechse. Als Kind hatte sie die Unordnung und den Schmutz nicht bemerkt, jetzt kam ihr der Ort wie eine düstere Rumpelkammer vor, vollgestopft mit Bücherstapeln, Papieren und halb aufgeklappten Weltkarten.

Daniel trug einen Poncho über dem Hemd, er umarmte sie überschwänglich, du bist noch gewachsen, sie war jetzt größer als er, komm, ich mach dir einen Kaffee, es ist Kaffeezeit. Sie hatte nicht wirklich Lust darauf, doch sie folgte ihm in die Küche, die Spüle war voller schmutziger Teller, tut mir leid, ich hatte noch keine Zeit abzuwaschen, es war klar, dass sie sich seit seiner Abreise dort stapelten. Er stellte die Kaffeekanne auf den Herd und wusch zwei ungleiche Tassen ab, er habe auch keine Zeit gehabt, Zucker zu kaufen, seit er zurück sei, das nächste Mal würde er es besser machen oder sie ins Restaurant einladen, an einem Sonntag. Sie dachte bei sich, wenn er es vergessen würde, wäre es auch nicht schlimm.

Als sie ins Wohnzimmer ging, fiel ihr vom Flur aus ein Detail auf, das sie damals schon bemerkt und wieder vergessen hatte. Neben dem Bett lag ein großer brauner Koffer, der so schwer war, dass sie und ihr Bruder ihn nicht hatten hochheben können, sie hätten ihn gern geöffnet, doch ihre Eltern hatten sie ins Wohnzimmer zurückgerufen, es gehöre sich nicht, das Schlafzimmer zu betreten. Sie erinnerte sich, dass sie sich vorgestellt hatte, wie Daniel gekrümmt unter dieser Last auf allen Straßen der Erde unterwegs gewesen war.

Das Bücherregal im Wohnzimmer war so voll, dass kein Buch mehr hineingepasst hätte. Es gab fast keine Möbel, außer einem Fernseher und einem großen Schreibtisch, an dessen Rand ein Bleistiftspitzer mit Kurbel befestigt war. Darauf stapelten sich Bücher und Atlanten. Auf einer alten Frankreichkarte von Michelin, auf der mit Filzstift eine rote Linie eingezeichnet war, lagen mehrere Notizblöcke und Hefte mit Listen und komplizierten Schemata, auf denen die Wörter *Fährmann* und *Boot* umrandet waren. Auf dem Umschlag eines großen Hefts waren ausgestrichene Titel zu lesen, *Der Erste, Die letzte Reise von, Die Zuflucht von, Rückkehr zum Heimathafen.* Auf dem Computer zogen Bilder von Planeten vorbei. Ein Glas voller sorgfältig gespitzter Bleistifte stand neben dem Bildschirm.

Daniel brachte den Kaffee ins Wohnzimmer, nahm einen Haufen Zeitungen vom einzigen Sessel, damit Hélène sich setzen konnte, und ließ sich selbst auf dem Stuhl am Schreibtisch nieder. Im Licht, das durch das Fenster hereinfiel, wirkte er noch müder als am Abend zuvor im Hof. Sein Haar war weiß geworden, in sich zusammengesunken saß er da und wirkte ein bisschen lächerlich auf sie mit dem Poncho, dessen Fransen in der Küche nass geworden waren. Er betrachtete sie einen Augenblick schweigend, sein Blick richtete sich auf ihr Haar, ihre Augen, ihre Schultern, was sie etwas verlegen machte. Es war das erste Mal in ihrem Leben, dass sie allein mit ihm war.

Lächelnd fragte er sie, ob es dort oben auf ihrem Fockmast nicht zu windig sei, und stellte ihr Fragen über ihr Studium am Archäologischen Institut, wenn er hätte studieren können, hätte er genau das gewählt, aber er habe kein Abitur, sei nicht mal imstande gewesen, es zu machen. Er erzählte nichts von seiner Reise, deswegen fragte sie ihn schließlich danach, und, wie war es in Feuerland? Und mit einem Mal, als hätte sie irgendeinen Mechanismus in Gang gesetzt, lebte er auf, begann schneller zu reden und berichtete von der Panne, die er in einer menschenleeren Gegend mit dem Wagen gehabt hatte, wie sein Koffer beim Zwischenstopp in Buenos Aires mit einem anderen verwechselt worden war, ahmte den Angestellten von Aerolíneas nach, der sich tausendmal entschuldigte, *lo sentimos mucho*, und gestikulierte wie ein Kind, grotesk wie immer. Und trotzdem hatte Hélène selbst jetzt das Gefühl, dass irgendetwas an ihm anders war, nicht nur sein Haar, sondern noch etwas, seine Augen vielleicht, sein Blick. Sie hatte Mühe, ihren Kaffee ohne Zucker auszutrinken, er war furchtbar bitter.

Als sie ging, nahm Daniel in der Diele seinen Parka vom Kleiderhaken, um aus einer der Taschen einen kleinen, in Seidenpapier eingewickelten Gegenstand zu nehmen, für dich, ein kleines Souvenir, natürlich war es ein Mineral, blutrot und fleischfarben geädert, ein Achat aus Feuerland. Und in letzter Sekunde sagte er noch, fast geflüstert, weißt du, du erinnerst mich sehr an meine Schwester, und schloss ganz schnell die Tür. Hélène hatte oft gehört, sie ähnele ihrer Großmutter, die Augen vor allem, mandelförmig. Sie wusste, dass Suzanne Daniels Lieblingsschwester war.

VII

MIT AXTHIEBEN

In Wahrheit hatte sie die Lektüre von *Die Fährleute des Amazonas* nicht aus Langeweile abgebrochen. Die drei Kapitel, die Hélène einst gelesen hatte, ein Dutzend Seiten vielleicht, hatten ihr das Gefühl gegeben, keine Luft zu bekommen, unter dem Gewicht einer Last zu ersticken. Die Geschichte begann mit einer Katastrophe, ein zweimotoriges Flugzeug, das über den Amazonaswald fliegt, stürzt ab und zerschellt zwischen den Bäumen. Der Pilot und zwei Fotografen werden getötet, Peter Ashley-Mill ist der einzige Überlebende. Trotz zweier tiefer Verletzungen am Arm und an der Brust findet er noch die Kraft, sich mit Axthieben einen Weg zwischen den Lianen und den riesigen Bäumen hindurch zu bahnen, ohne zu wissen, ob er auf Menschen treffen wird und wie sie ihn behandeln werden. Halb verhungert, gekrümmt, leidend geht er weiter und legt bisweilen eine Hand auf die Wunde nah seines Herzens, die unter seinem zerrissenen Hemd eitert. Als er vor Hunger schwankt, gräbt er Wurzeln aus. Trotz der

Schreie der Papageien, die ihn verspotten, *Du wirst sterben, Peter, du wist sterben*, hält er durch, fest entschlossen, um jeden Preis zu überleben, um vom tragischen Ende seiner Kameraden erzählen zu können. Doch besiegt von der Erschöpfung, den Schmerzen und dem Fieber verliert er das Bewusstsein. Eine gewaltige Anakonda schlängelt sich von einem Ast herunter und wickelt sich um seinen Körper.

Weiter hatte sie nicht gelesen, doch die Geschichte hatte sie ihre ganze Jugend hindurch verfolgt, manchmal träumte sie noch immer, dass sie durch einen bedrohlichen Dschungel lief, sich einen Weg zwischen den Stämmen und Lianen bahnte und vergeblich in der Erde grub auf der Suche nach Wurzeln.

Wegen der Regenfälle Ende Oktober konnten sich die Studenten nicht mehr im Park des Observatoriums treffen und wichen auf die Cafés der Fakultäten an der Ecke der Rue Joseph-Bara aus. Zwischen zwei Vorlesungen trafen sie sich in dem großen Hinterzimmer, das nachmittags häufig fast leer war. Als eines Tages alle anderen gegangen waren, blieben Hélène und Guillaume allein zurück. Er versuchte, die letzten Tropfen Schokolade vom Grund der Tasse zu kratzen, und während sie den Löffel betrachtete, den er zum Mund führte, gestand sie ihm, weißt du, H. R. Sanders ist mein Großonkel. Und gleich darauf fragte sie sich, ob das eine gute Idee gewesen war.

Der Löffel verharrte reglos am Rand der Lippen, Guillaume blickte zu ihr auf, was, wer, ja, H. R. Sanders ist mein

Großonkel. Er sah sie lange an, ließ den Blick über ihr Gesicht, ihr Haar und den Kragen ihres Blousons wandern, als suchte er einen Beweis, eine Ähnlichkeit zwischen ihr und Peter Ashley-Mill, ich dachte, Sanders wäre Amerikaner, und als er Amerikaner sagte, breitete er die Arme aus, um die Weiten des Wilden Westens anzudeuten. Ich schwöre dir, es ist wahr, er verstand nicht, warum sie ihm das nicht gleich erzählt hatte, als das erste Mal von *Das schwarze Zeichen* die Rede gewesen war.

Und dann sagte er, wie Jonas es getan hätte, erzähl, wie ist er. Sie hatte ihren Großonkel noch nie beschreiben müssen, natürlich hätte sie seine Marotten, seinen schiefen Kragen verschweigen können, doch um ein schmeichelhaftes Porträt von ihm zu zeichnen, hätte sie die Worte benutzen müssen, die ihre Nachbarn benutzt hatten, Worte wie mutig, furchtlos, unermüdlich, und dazu fühlte sie sich nicht in der Lage. Sie erklärte lediglich, dass H. R. Sanders ein Pseudonym sei, dass er in Wirklichkeit Daniel Roche heiße, Guillaume wiederholte Daniel Roche, und sie spürte, dass er enttäuscht war, dass das zu banal war, zu sehr nach Sesshaftigkeit klang. Sie musste mehr Details liefern, zum Beispiel, dass er im selben Haus wie sie wohne, in der Rue Vavin, wo er ihr das Zimmer unterm Dach zur Verfügung gestellt habe. Guillaume legte den Löffel hin und fuhr sich mit den Händen durch die Haare. Letzten Endes glaubte er ihr, sie war die Großnichte von H. R. Sanders, er betrachtete sie gerührt, fast mit Verehrung. Ob er ihr seine *Das schwarze Zeichen*-Bände bringen dürfe, damit sie sie für ihn signieren ließe, oder, und er senkte die Stimme, ob er ihn kennenlernen könne. Sie zögerte, das waren zwei unvereinbare Welten, und Daniel Roches Aussehen, eher klein und schmächtig, zotteliges Haar, gestikulierend, würde Guillaume noch mehr missfallen als sein richtiger Name. Sie erwiderte, er sei auf Reisen, doch Guillaume beugte sich bereits über den Tisch und küsste sie auf die Schläfe, um ihr zu danken, als wäre sie die Vermittlerin eines schmachtenden Verehrers.

VIII

DAS SCHWARZE ZEICHEN

Guillaume nutzte das Allerheiligenwochenende, um die dreiundzwanzig Bände von *Das schwarze Zeichen* bei seinen Eltern abzuholen, und brachte sie in einer großen Sporttasche zu Hélène. Zum ersten Mal war er allein bei ihr, durch das Fenster betrachtete er die grauen Wellen der regenglänzenden Dächer, wie ein Meer, das man durch ein Bullauge sieht, man hörte sogar die Schreie der Möwen. Hélène zeigte ihm im Erdgeschoss die Fenster, die zum Hof gingen, dort wohne H. R. Sanders.

In der Tasche befanden sich die gleichen Bücher in den lebhaften Farben wie auf dem Bücherbrett ihres Bruders, allerdings waren diese wellig oder mit Tesafilm geklebt, wodurch sie weniger einschüchternd wirkten. Guillaume nahm das älteste, das am stärksten beschädigte in die Hände, auf dem Umschlag waren Peter, an einem Kanu festgebunden, und vor und hinter ihm je ein Indianer zu sehen, die auf dem Amazonas zwischen den Strudeln und Kaimanen paddelten. Du weißt sicher, warum die Carinaua

Peter plötzlich verjagen, weil du den Autor kennst. Hélène wollte ihm nicht gestehen, dass sie nur die ersten Seiten des Romans gelesen hatte, aus Angst, er würde diesen zärtlich-gerührten Blick verlieren, mit dem er sie jetzt ansah. Sie sagte, ich habe vergessen, warum, das ist so lang her, vielleicht war er ins Fettnäpfchen getreten, hatte ihre Moral- oder Glaubensvorstellungen verletzt, doch Guillaume war anderer Meinung. Sie solle das Buch noch einmal lesen, solange es bei ihr sei, bevor sie die ganze Serie Daniel übergebe.

Sie ließ sich Zeit damit, Guillaume ihrem Großonkel vorzustellen, sagte sich, sie müsse wenigstens *Die Fährleute des Amazonas* fertig lesen, doch die Tasche blieb geschlossen in der Zimmerecke stehen. Die Begegnung fand schließlich ohne sie statt, zufällig, eines Nachmittags Mitte November, während sie Jonas nach einem Spaziergang im Jardin du Luxembourg zu seiner Wohnung hinaufbegleitete und Guillaume in der Eingangshalle auf sie wartete. Als sie wieder hinunterkam, war er nicht mehr da, die Kellertür stand offen, Stimmen drangen nach oben. Die Treppe, die in den Keller führte, war schlecht beleuchtet, der Schalter funktionierte nicht, sie hielt sich beim Hinuntergehen mit den Händen an den Wänden fest. Guillaume stand unten, am Ende eines langen dunklen Gangs, mit der Concierge, Madame Almeida, und Daniel, der seine Taschenlampe auf einen Stromzähler richtete, sie sprachen über Sicherungen und Sicherungsschalter. Sie hatte sich nie hier heruntergetraut, der Keller mit gewölbten Decken, einem Boden aus gestampfter Erde und dem typischen Schimmelgeruch schien älter als das Haus zu sein. Die Panne war kompliziert, man würde einen Elektriker kommen lassen müssen, als Hélène zu ihnen kam, gingen sie gerade zur Treppe zurück, hinter Daniel, der ihnen leuchtete. Für einen kurzen Augenblick erhellte der Lichtkegel einen Seitengang, in dem die alte Mauer durch Leichtbausteine ausgebessert worden war, doch als Hélène näher kam, um besser sehen zu können, wandte Daniel abrupt die Taschenlampe ab, und erneut von Dunkelheit umgeben, beeilte sie sich, die anderen einzuholen.

Als sie wieder in den Hauseingang kam, sprach Daniel mit Guillaume, der sich zu ihm beugte und sehr laut lachte, man hätte glauben können, sie würden sich schon ewig kennen. Sie sprachen natürlich über *Das schwarze Zeichen*, Guillaume äußerte sich mit übertriebener Bewunderung, leidenschaftlich, wie ein Besessener. Er erinnerte sich, dass er in seiner Jugend in eine Buchhandlung in Marseille gegangen war, in der H.R. Sanders seine Bücher signieren sollte, doch er habe vergeblich gewartet, die Veranstaltung sei schließlich abgesagt worden, tut mir wirklich leid, aber ich war vermutlich auf Reisen. Guillaume holte die Bücher aus Hélènes Zimmer, kam ganz außer Atem zurück, weil er die Stufen so schnell hinauf- und hinuntergerannt war, und als Daniel ihn mit seiner riesigen Sporttasche sah, musste er lachen, sie sind alle drin, ja, alle dreiundzwanzig, sie sind ganz ramponiert, ich habe sie so oft gelesen, ich kenne sie auswendig. Daniel öffnete die Tasche und nahm ein paar Bände heraus, das sei ja fantastisch, diese gebrochenen Rücken, diese Flecken, diese Narben, jeder Schriftsteller träume davon. Er lud beide ein, am letzten Samstag des Monats mit ihm Kaffee zu trinken, augenzwinkernd sah er Hélène an, keine Angst, ich habe Zucker gekauft. Guillaume nannte Daniel Monsieur Sanders, als er sich verabschiedete, Hélène hätte ihn beinahe korrigiert, doch Daniel war entzückt, er schüttelte Guillaume lange die Hand, bis bald, mein lieber, mein sehr lieber Leser, bis bald.

Sie gingen in ihr Zimmer hinauf, die Ecke, in der die Tasche gestanden hatte, wirkte plötzlich merkwürdig leer. Sie teilten sich eine Packung Kekse, Guillaume zerbrach ein paar, bevor er sie zum Mund führte, seine Hände zitterten leicht, er stand immer noch unter dem Eindruck seiner Begegnung mit dem Autor von *Das schwarze Zeichen*. Hélène habe Glück, er hätte gern einen solchen Großonkel, sie nickte, sagte, ich muss dir etwas gestehen, schwöre, dass du mich nicht hassen wirst, er legte eine Hand auf sein Herz, ich schwöre. Sie habe Sanders Romane nie gelesen, sei nie über das dritte Kapitel von *Die Fährleute des Amazonas* hinausgekommen. Guillaume verschluckte sich an der Hälfte eines Kekses, du machst Witze, sag mir, dass das ein Scherz ist, sie schüttelte den Kopf, lachte, bis ihr die Tränen kamen.

Sie wusste wirklich nichts darüber. Sie wusste nicht einmal, warum die Serie *Das schwarze Zeichen* hieß, eine Todesdrohung vermutlich, wie bei den Piraten, im Gegenteil, ich erklär's dir, das Zeichen ist ein Talisman, eine schamanistische Tätowierung, es kann ebenso gegen Gefahren schützen wie die Reise ins Jenseits erleichtern. In diesem Buch erinnere das Zeichen Peter in den gefährlichsten Augenblicken daran, dass er knapp dem Tod entkommen sei, dass es ihn gerettet habe, und es gebe ihm die Kraft, seinen Kampf gegen die Widrigkeiten und Ungerechtigkeiten der Welt fortzusetzen. Es tauche erst im vierten Kapitel des ersten Bandes auf, er könne es ihr erzählen.

Sie saßen auf dem Boden, einander gegenüber, sie ans Bett gelehnt, er an den Schreibtisch, und mit offenen Händen, als hielte er das Buch, begann er die ersten Sätze zu zitieren: *Es war ein sehr schlechtes Zeichen. Der Pilot war sich sicher, das Motorengeräusch war unnormal, und das Flugzeug verlor an Höhe.* Hélène stoppte Guillaume, er könne die ersten drei Kapitel überspringen und die Geschichte dort wiederaufnehmen, wo sie aufgehört habe weiterzulesen, in dem Augenblick, da der ohnmächtige Peter kurz davor sei, von der Anakonda erstickt zu werden.

Ein Pfeil durchbohrt den Kopf der Schlange. Carinaua, ein vollkommen isolierter Stamm, haben Peter das Leben gerettet. Sie transportieren den immer noch Ohnmächtigen zur Hütte von Yomi, ihrem Schamanen. Als Peter nach ein paar Tagen wieder zu sich kommt, haben Yomis Arzneien seine Verletzungen bereits geheilt. Er entdeckt, dass auf seinen linken Unterarm ein breites Armband aus geometrischen Motiven tätowiert worden ist, wie es alle Männer des Stammes tragen. Er kommt wieder zu Kräften, die

Indianer bringen ihm ihre Sprache bei, der alte Kazike Umoro betrachtet ihn als seinen Sohn. Und dann, ganz plötzlich, ohne Erklärung, verschließen sich die Gesichter, man verbindet ihm die Augen, zurrt ihn an einem Kanu fest und bringt ihn auf die andere Seite des Amazonas, der breit wie ein Ozean ist. Umoro bleibt lange am Ufer stehen, den Bogen in der Hand, mit Drohgebärde, als wollte Peter sich ins Wasser stürzen und zurückschwimmen. Der Held setzt seinen Weg fort, kommt in eine Stadt und erfährt, dass man ihn für tot gehalten hat. Seine Genesung ist für die Ärzte ein Wunder, eine große pharmazeutische Firma finanziert eine Expedition, um die Carinaua und ihr geheimnisvolles Heilmittel zu finden. Aus Liebe zu den Menschen erklärt sich Peter bereit, ihr Führer zu sein, doch die Arroganz der Mannschaft führt dazu, dass er seine Meinung ändert, kurz vor dem Ziel verlässt er sie, um die Indianer zu warnen. Während er sich dem Dorf nähert und sich die Worte der Freundschaft in ihrer Sprache ins Gedächtnis ruft, streift ein Pfeil seinen Hals und bohrt sich in seinen Rucksack.

Guillaume blickte auf, um die Wirkung der Spannung auf Hélènes Gesicht zu sehen. Sie stand auf, sie wollte nicht weiter zuhören.

IX

EIN SEIFENWÜRFEL

Am nächsten Samstag bemerkte sie, dass sich Daniel auf seiner Türschwelle mit dem Drogisten aus der Rue Bréa unterhielt. Seit seiner Rückkehr war sie ihm häufig in der Nachbarschaft begegnet, er war niemals allein, mal trank er einen Pfefferminztee im Laden des Lebensmittelhändlers, mal ein japanisches Bier mit der Floristin vor ihrer Auslage, oder er aß auf der Terrasse eines Cafés mit einem Obdachlosen zu Mittag. Er schien sie alle zu kennen, duzte die Händler, klopfte ihnen auf die Schulter, scherzte mit ihnen, und fast immer war er derjenige, der am meisten sprach, vermutlich erzählte er ihnen von seiner letzten Reise. Sie fand, dass er übertrieb, wie immer, zu sehr gestikulierte und sich lächerlich machte. Sie versuchte es so einzurichten, dass er sie nicht sah, doch das gelang ihr nicht immer.

An diesem Tag konnte sie ihm nicht ausweichen, er stellte ihr den Drogisten vor, seinen alten Freund Louis, du meinst langjähriger Freund, ich bin nicht älter als du, ich erinnere dich, dass wir Schulkameraden waren. Louis, massiv und mit einer weit fortgeschrittenen Glatze, wirkte sehr viel älter als Daniel, und sie brauchte einen Augenblick, um zu begreifen, dass es kein Witz war, dass die Schule, von der er sprach, diejenige war, in die Daniel in seiner frühen Kindheit gegangen war, vor Saint-Ferréol. Der Drogist erzählte weiter, er sei schrecklich gewesen, der kleine Daniel, die Lehrerin habe ihn hundertmal denselben Satz schreiben, ihn nachsitzen lassen, es habe alles nichts geholfen, überhaupt nicht wahr, das verwechselst du, mein Alter, du hast ständig alles Mögliche angestellt. Doch Louis hatte sich in Fahrt geredet, deine Mutter hat dich hierhergeschickt, als meine Eltern noch die Drogerie führten, du kamst aus der Rue Delambre, um Savon de Marseille zu kaufen, und danach hast du ihnen erzählt, du hättest das Wechselgeld verloren.

Als sie das hörte, erinnerte sich Hélène an den Tag, an dem ihr Daniel, ohne dass ihre Eltern es sahen, eine Zehn-Francs-Münze in die Hand gedrückt und dann einen Finger auf ihre Lippen gelegt hatte, sie muss damals acht gewesen sein. Sie hatte die Münze wie eine kleine Diebesbeute in ihrer Hosentasche versteckt, entzückt und zugleich schuldbewusst, und dann hatte sie sie vergessen, die Jeans war gewaschen worden, und die Münze war verschwunden.

Daniel lachte und hustete dabei, mein armer Louis, du wirst langsam vergesslich, ich wohnte nicht in der Rue Delambre, sondern in der Rue d'Odessa, ach ja, stimmt, Rue d'Odessa, aber das Wechselgeld hast du trotzdem nicht zurückgegeben. Daniel wiederholte mit gesenktem Blick, wie zu sich selbst, Rue d'Odessa. Louis fuhr fort, ohne es zu hören, in der Rue Delambre, erinnerst du dich, gab es damals Freudenmädchen, jetzt sind sie weg, die kleinen Läden, das ist vorbei, mein Alter, er lachte schallend, doch Daniel schien es peinlich zu sein.

Auf dem Weg zur Kreuzung stellte sich Hélène einen ganz kleinen Jungen vor, nicht viel größer als Jonas, und sah ihn neben sich den Boulevard du Montparnasse überqueren, einen großen Seifenwürfel in der Hand und mit schnellem Schritt, ungeduldig, zu seiner Mutter zu kommen. Rue d'Odessa. Sie wusste ungefähr, wo diese Straße lag, in der Nähe des Bahnhofs, Odessa, ein Name, den man nicht vergisst. Doch an die Straße selbst hatte sie keine Erinnerung.

X

SANDERS BIBLIOTHEK

Eine Woche später, an einem Samstagnachmittag, gingen sie zu Daniel, um mit ihm Kaffee zu trinken. Während sie warteten, dass es so weit war, lief Guillaume wie ein kleiner Junge in ihrem Zimmer herum. Die Wohnungstür stand einen Spalt offen, na los, kommen Sie herein, sie fanden Daniel im Wohnzimmer beim Schachspielen, ich stelle Ihnen meinen guten Freund Sadi Alfa Mané alias Prosper vor. Sein graues Haar wirkte im Licht, das durch das Fenster hereinfiel, wie eine Art Wolke. Hélène entschuldigte sich für die Unterbrechung der Partie, sie könnten später wiederkommen, doch Daniel und sein Freund wollten nichts davon hören, Prosper müsse sowieso gehen, sie seien es gewohnt, ihr Schachspiel zu unterbrechen. Der Besucher holte aus seiner Jackentasche zwei Visitenkarten, die er ihnen reichte: *Monsieur Mané, großer afrikanischer Marabu, löst all Ihre Liebes-, Freundschafts- und Arbeitsprobleme, fördert die Rückkehr des geliebten Wesens und das erfolgreiche Bestehen von Prüfungen und Führer-*

schein. Unübertroffener Spezialist für Liebesbriefe. Geld-zurück-Garantie. Nach Vereinbarung. Für Liebesbriefe, junger Mann, bin ich wirklich Experte, ich habe eine gewandte Feder, wenn Sie beispielsweise einer jungen Dame schreiben wollen, mache ich Ihnen einen Freundschaftspreis, und für dich, Hélène, ist die Beratung als Verwandte von Daniel kostenlos, du bist jederzeit willkommen in meiner Praxis, Rue de la Goutte-d'Or Nummer 36. Merk dir diese Adresse, fügte Daniel lachend hinzu, wer weiß, wozu es gut ist.

Nachdem sein Freund gegangen war, erzählte Daniel, dass er ihn als Müllmann kennengelernt habe, geklammert an den Griff eines Müllwagens, ein echter König des Asphalts der Städte, der sich Prosper nennen ließ wie in dem Chanson, er begann zu singen und schlug den Takt dazu, und Hélène spürte, wie sie deswegen errötete. Durch die häufigen frühmorgendlichen Begegnungen hätten sie sich näher kennengelernt, Prosper habe seinen schmutzigen Handschuh ausgezogen, um ihm die Hand zu schütteln. Daniel habe ihm angeboten, den Abfall mit ihm zu durchsuchen, sie hätten schöne Funde gemacht, welche Art von Funden, fragte Guillaume, doch Daniel schien die Frage nicht gehört zu haben. Mit der Zeit seien sie Freunde geworden, sie hätten sich ihre Kindheitserinnerungen erzählt, beide hätten alle Berufe ausgeübt, Laufbursche, Soldat, Hafenarbeiter, freier Journalist, Fahrer, Koch. Schließlich sei Prosper Marabu geworden, das heißt eine Art afrikanischer Psychoanalytiker, wissen Sie, die Antwort liegt immer in der Frage des Patienten.

Guillaume ging durch das Wohnzimmer wie durch ein Museum, er erkannte die Gegenstände aus den Romanen des *Schwarzen Zeichens*, die afrikanischen Masken erinnerten ihn an *Der ganze Honig von Casamance*, die Inkastatuetten und der Schrumpfkopf an *Der Fluch des Machu Picchu*, der ausgestopfte Alligator an *Angst auf dem Orinoco*. In der ganzen Serie wurde nur zweimal sehr kurz Peters Haus erwähnt, sein Refugium, man wusste nicht einmal, in welchem Land es sich befand, doch Guillaume hatte es sich genau wie diese Wohnung vorgestellt, als einen Durchgangsort, die Zwischenstation eines Nomaden, provisorisch, nichts Festes.

Bevor er seinen Kaffee trank, wollte er die Widmungen lesen, *Für Guillaume, den begeisterten Leser*, *Für Guillaume, den scharfsinnigen Leser*, in jedem Band fand er ein anderes Adjektiv, er war überglücklich. Anschließend stöberte er im Bücherregal, Daniel zeigte ihm ein paar der zahlreichen Übersetzungen seiner Romane, *Pe drumul spre Transilvania*, *Aunt Lucy's Cabin*, *L'America o la muerte*. Er zog Raritäten heraus wie die Nummer des *Journal de Spirou* mit *Les Oubliés du Myanmar* als Comic. Es gab auch Bearbeitungen von *Das schwarze Zeichen* für Film oder Zeichentrick, Guillaume kannte sie, doch seiner Meinung nach kam das alles nicht an die Romane heran. Daniel räumte ein, dass sie enttäuschend seien, viele Leser dächten genauso. Um Guillaume eine Freude zu machen, schob er den Anfang eines in Europa unbekannten japanischen Zeichentrickfilms in den Videorekorder, der auf *Für eine Handvoll Per-*

len basierte, doch Guillaume weigerte sich, in dem blond gelockten Jüngling, der die Kampfsportarten praktizierte, Peter zu erkennen, was für ein Verrat. Hélène hatte sich ans Fenster gestellt, sie genoss den Ausblick auf die Straße, die sie von ihrem Zimmer, das zum Hof lag, nicht sehen konnte.

Während sie ihren gezuckerten Kaffee tranken, wollte Guillaume wissen, wann das nächste Buch aus der Serie *Das schwarze Zeichen* erscheinen werde. Daniel breitete die Arme aus, er stecke mittendrin, es werde im Frühjahr fertig, er habe seine Leser länger als sonst warten lassen, aber dieser Band sei speziell, anders als alle anderen, er erzähle von der Jugend des Helden. Die Handlung spiele in mehreren Ländern, übrigens bereite er eine neue Reise vor, noch vor Weihnachten werde er für sechs Wochen nach Mauretanien fliegen, das sei ein wunderschönes Land, er wolle die berühmten verzierten Türen von Walata besichtigen und Haratin treffen, Abkömmlinge von Sklaven, er werde ihnen seine Reiseroute auf der Karte zeigen. Er wolle anprangern, dass immer wieder Kinder Opfer der Rallye Paris–Dakar würden und ihre Eltern nur mit ein paar Dollar abgespeist würden. Es war das erste Mal, dass Hélène ihn mit einem solchen Ernst sprechen hörte, ohne dass er seine übliche Nummer abzog, man hätte meinen können, er wollte sich auf eine Ebene mit Ashley-Mill, dem Rächer, dem Retter der einfachen Leute, stellen. Während sie Daniel zuhörte, bemerkte sie, dass Guillaume manchmal auf seinen linken Unterarm starrte, als hoffte er, eine Tätowierung aus dem Ärmel seines Hemds hervorgucken zu sehen.

Kurz bevor sie gingen, fand Daniel dann doch noch eine Gelegenheit, sich kindisch zu benehmen, als er ihnen die Schuhe zeigte, die er gekauft hatte, um durch die Sahara zu marschieren, auf der Schachtel stand *Just do it*, vielleicht sollte ich das zu meinem Wahlspruch machen. Guillaume beglückwünschte ihn zu seiner Wahl, es waren Turnschuhe, neuestes Modell, mit einer Luftkammer in der Sohle, Daniel zog sie an und ging im Wohnzimmer im Kreis, es ist herrlich, dadurch bin ich der Mann auf den Windsohlen.

Als sie am folgenden Dienstag vom Spaziergang nach Hause kamen, klingelte Jonas erneut bei den Peyrelevades. Da Colette einkaufen gegangen war, öffnete ihr Mann. Jonas lief in die Wohnung und holte sich kleine Autos, die er unter den Fransensesseln fahren ließ. Jim lief mit seinem Stock durch die Wohnung und fragte Hélène, ob sie das Foto ihres Großonkels gesehen habe, sie wusste nicht, wovon er sprach, das wird Ihnen gefallen, Colette wollte es Ihnen zeigen, aber sie muss es vergessen haben, sie wird langsam ein wenig schusselig. Er holte einen großen Umschlag aus seinem Zimmer, der ein Foto enthielt. Es war das gleiche Foto von ihrer Hochzeit, nur weniger verblichen, du meine Güte, wie jung wir 1941 waren, Colette war zweiundzwanzig, sehen Sie, das ist er in der ersten Reihe. Er legte einen Finger auf das vierte Kind, das in dunkler Strickjacke im Schneidersitz dasaß. Es war tatsächlich der Junge mit den langen Wimpern von dem Klassenfoto aus Saint-Ferréol, allerdings mit etwas runderem Gesicht, längeren Haaren und lächelnd. Jim zeigte ihr in der rechten unteren Ecke einen Stempel, der sich nicht auf dem anderen Exemplar befand, *Atelier Ascher, Fotografie, 16, Rue d'Odessa, Paris XIVe.* Colette und er hätten Wert darauf gelegt, dass Monsieur Ascher sie gegen den Willen der Eltern fotografierte, Colette vor allem, obwohl er bereits seinen Namen von dem Aushängeschild seines Ladens habe entfernen müssen. Er sei mit seinem Sohn gekommen, Daniel sei neun gewesen und so klein, dass er auf einen Hocker habe steigen müssen, um das Blitzlicht zu halten.

Hélène begriff, warum sie Daniel nicht sofort erkannt hatte, als Colette ihr das Foto gezeigt hatte. Er war der Schüler aus Saint-Ferréol, und trotzdem war er ein anderes Kind, nicht nur wegen der runden Wangen oder der Locken, irgendetwas war auch an seinem Blick anders.

Jim erklärte weiter, Colette habe gewollt, dass er für das Foto posiere, mein Schwiegervater schmollt, sehen Sie, aber man kann der Braut schlecht etwas abschlagen. Man habe das Papier für die Abzüge liefern müssen, Monsieur Ascher habe keins mehr beschaffen können, er habe es vorgezogen, sich zu sagen, dass das nicht lange andauern würde, ein mutiger Mann. Auch seine Frau sei aus Polen gekommen, sie habe einen sehr starken Akzent gehabt, stärker als er, sie habe die Fotos retuschiert, sie habe eine Begabung dafür gehabt, ich habe sie mit einem perfekt gespitzten Bleistift arbeiten sehen, spitz wie ein Skalpell, sie habe das Oval eines Gesichts besser als ein Schönheitschirurg korrigiert, ihr Mann habe scherzhaft gesagt, sie hätte eine ausgezeichnete Fälscherin werden können. Die Aschers hätten Chaim Soutine sehr gut gekannt, der in seiner Jugend in Vilnius ebenfalls Fotos retuschiert habe. Monsieur Ascher sei in sein Atelier, Villa Seurat, gegangen, um seine Bilder zu fotografieren.

Jim Peyrelevade erzählte weiter, sie hätten Daniel im Sommer 1942 bei sich aufgenommen, Sie wissen sicher Bescheid, er hat fast drei Wochen hier verbracht, versteckt in dieser Wohnung, und einen Haufen Romane und Illustrierte gelesen, *Die Schatzinsel*, *Bayard*, bis sie eine Möglichkeit gefunden hätten, ihn in die Freie Zone zu bringen. Der alte Mann steckte das Foto in den Umschlag zurück und den Umschlag in die Mappe, Daniel sieht seinem Vater dermaßen ähnlich, wenn ich ihn sehe, muss ich unwillkürlich an Monsieur Ascher denken, was für eine Geschichte, mein Gott, was für eine Geschichte, aber ich weiß nicht, warum ich Ihnen das alles erzähle, Sie wissen es besser als ich.

XI

UNTER DEM AUGE DES PIRATEN

Hélène hatte Guillaume gebeten, sie in die Rue d'Odessa zu begleiten, um sich das Haus anzusehen, in dem H. R. Sanders seine Kindheit verbracht hatte, sie hatte etwas Angst, allein hinzugehen, und glaubte, Guillaumes Begeisterung würde sie gegebenenfalls vor zu viel Ernst bewahren. Es war eine ganz gewöhnliche, ziemlich kurze Straße, eine dieser Straßen, die man in der Nähe von Bahnhöfen findet, mit Hotels, Restaurants und Passanten, die es eilig haben. Vom Place du 18-Juin-1940 aus suchten sie das Atelier Ascher. Doch die Nummer 16 war verschwunden. Zwischen den Häusern 14 und 20 war die Reihe unterbrochen. Ein breites Wohngebäude aus jüngerer Zeit mit Balkons aus Rauchglas erstreckte sich dort ein Stück zurückgesetzt. Sie standen vor dem Haus, blickten nach rechts und links und hofften, sich in der Adresse geirrt zu haben. Dieses Gebäude nahm ganz offensichtlich den Platz der früheren Hausnummern 16 und 18 ein. Guillaume rief, das soll wohl ein Scherz sein, man hat das Haus von H. R. Sanders gestohlen, doch als er Hélène ansah, verstummte er und legte mit der Geste eines Retters, der den völlig durchgefrorenen Körper eines Überlebenden in eine Decke hüllt, einen Arm um ihre Schultern.

Sie gingen die Rue d'Odessa bis zum Boulevard Edgar-Quinet. Daniels Haus war das einzige, das abgerissen worden war. Hélène fragte sich, ob manche Geschäfte damals bereits existiert hatten, die Bäckerei, der Laden des Kürschners vielleicht. Diese Straße war düster, die Auslagen und Schaufenster freudlos trotz der Weihnachtsdekoration, die da und dort befestigt war. Odessa, der Prunk des alten Russlands und der Sonnenglanz des Schwarzen Meeres waren weit weg.

Der Boulevard Edgar-Quinet war belebt und laut, es war Markttag, Guillaume kaufte Pralinen, warf sie in die Luft und fing sie mit dem Mund auf, um Hélène zu amüsieren. Er machte sie darauf aufmerksam, dass man, wenn man beim Gehen die Spitze der Tour Montparnasse betrachte, das Gefühl habe, das Bürogebäude würde einem entgegenfallen. Sie versuchte es ein paar Sekunden und klammerte sich an Guillaume fest, um nicht das Gleichgewicht zu verlieren, wobei sie die Passanten anrempelte, ein kindisches Spiel, und sie schämte sich ein bisschen, eine solche Schau abzuziehen.

An diesem Nachmittag hatte sie Jonas versprochen, mit ihm ins Marionettentheater im Jardin du Luxembourg zu gehen, um *Der Wolf und die sieben Geißlein* anzuschauen, und Guillaume begleitete sie. Die Marionetten schienen mehrere Jahrhunderte auf dem Buckel zu haben, und das mottenzerfressene, staubige schwarze Fell des Wolfs ließ sein gewaltiges, zerschundenes rotes Maul noch furchterregender wirken. Als seine heftigen Schläge die Tür der Hütte erschütterten, stießen die Kinder ihren ersten Schrei wohligen Schreckens aus. Von der letzten Reihe aus, in der sie mit Guillaume saß, sah Hélène, wie Jonas, der ganz vorn zwischen den Kleinen saß, den strubbeligen Kopf aufgeregt hin und her bewegte. Der Wolf erschien erneut und sagte das Erkennungswort, die Kinder brüllten noch lauter, nein, macht nicht auf, es ist der Wolf. Und als er mit höhnischem und genüsslichem Kichern nacheinander sechs der Geißlein verschlang, fingen ein paar an zu weinen und flüchteten sich in die Arme ihrer Eltern, doch Jonas blieb fasziniert sitzen. Hélène nahm Guillaumes Hand. Der Fußboden des kleinen Theaters zitterte unter ihren Füßen, erschüttert vom Lärm und Trampeln der Kinder.

In der verwüsteten Hütte trauerte die Geiß um ihre Kleinen, ohne zu wissen, dass sich das letzte Geißlein in der Uhr versteckt hatte. Hélène drehte sich zu Guillaume, und ihre Lippen berührten sich. Der Notausgang befand sich unmittelbar hinter ihnen, sie schlüpften hinaus, sie zögerte einen Augenblick, du bist verrückt, und Jonas? Es war bereits dunkel und regnete, sie rannten um das Gebäude bis zu einer grünen Metalltür, die in das Lager des Theaters hinter den Kulissen führte. Sie stand einen Spalt offen, sie gingen hinein. Ringsum waren in dem Raum, der schmal und hoch wie ein Turm war, im Halbdunkel Dekorationen, Requisiten und Dutzende von Marionetten in unterschiedlicher Höhe aufgehängt. Sie befanden sich unmittelbar hinter der Bühne und sahen die Füße der Marionettenspieler, die unter der bemalten Leinwand des Bühnenbilds hervorschauten, und ihre bewegten Schatten. Die Stimmen klangen lauter als im Saal, *Mama, sein Bauch bewegt sich, sie sind am Leben*, die Schere machte ein grausiges Geräusch, als der Bauch des Wolfs aufgeschnitten wurde, während die Kinder wie verrückt vor Freude in die Hände klatschten.

Sie lehnten sich an eine Seelandschaft, auf der sich hohe türkisfarbene Wellen an Felsen brachen. Ihre Münder näherten sich, Guillaumes Nacken hatte unter Hélènes Händen eine kindliche Sanftheit. Direkt über ihnen riss ein Pirat sein einziges Auge auf, Guillaume griff nach seinem Bart, um den Kopf auf die andere Seite zu drehen. Ein paar Meter entfernt kehrten die Geißlein eins nach dem anderen ins Leben zurück, *Meine Kleinen, legen wir Steine in seinen Bauch und nähen ihn wieder zu*, und dann sangen sie und vollführten einen Siegestanz, der, wenn es nach Hélène und Guillaume gegangen wäre, viel länger hätte dauern können. Als sie in den Theatersaal zurückkamen, war das Publikum bereits gegangen, und Jonas suchte sie in panischer Angst überall.

Guillaume verließ sie vor dem Haus, Hélène blieb bei Jonas und wartete mit ihm auf die Rückkehr seiner Eltern. Als sie zu sich hinaufging, fand sie am Ende der Dienstbotentreppe Guillaume, der vor ihrer Tür saß, die Arme um die Knie geschlungen und lachend über ihr erstauntes Gesicht. Er sei ein blinder Passagier und suche für eine Nacht Asyl in ihrer Kabine. Als er an Bord ihres Zimmers war, begann er zu schwanken, das Meer war stürmisch, und das Schlingern schleuderte ihn in Hélènes Arme, Hilfe, sei still, hör auf, Unsinn zu reden, sie drückte ihre Lippen auf seinen Mund. Sie hatte bereits etwas mit Jungs gehabt, kurze Abenteuer, die vor allem eine Erinnerung an Hast und Ungeschicklichkeit bei ihr hinterlassen hatten. Was sie jetzt entdeckte, war etwas ganz anderes. Sie war bereit mitzuspielen, zumindest für den Moment.

XII

PASSAGE D'ODESSA

Von dem Tag an trafen sich Hélène und Guillaume zu romantischen Stunden, und manchmal blieb er auch über Nacht bei ihr. Da er zur Untermiete in einer Wohnung in Montrouge wohnte und seine Vermieterin ihm Besuche verbot, kam er immer zu ihr. Er ließ ein paar Kleidungsstücke in Hélènes Zimmer, und wenn er nicht da war, genoss sie es, etwas von ihm zu haben. Dennoch wusste er nicht, dass sie eine Woche, nachdem sie mit ihm dort gewesen war, in die Rue d'Odessa zurückgekehrt war. Es musste dort irgendwo ein Relikt aus der Vergangenheit geben, eine Spur von Daniels Haus, und sie musste allein sein, um es zu finden. Trotz seiner Leidenschaft für *Das schwarze Zeichen* und H. R. Sanders konnte Guillaume seine Geschichte nicht wirklich verstehen.

Sie machte sich an einem Samstagmorgen ziemlich früh auf den Weg, fest entschlossen, so viel Zeit dort zu verbringen, wie nötig wäre, um etwas zutage zu fördern, geduldig, sorgfältig, wie Archäologen es tun. Langsam ging sie die

Straße entlang, betrachtete alle Geschosse vom Boden bis zum Dach, und schließlich entdeckte sie ein Detail an der Fassade der Nummer 5, einem Haus aus Quadersteinen, ein weiß-blaues Schild mit der Aufschrift *Dampfbad*, und über der Tür standen die Worte *Bains d'Odessa*. Es gab weder einen Code noch eine Sprechanlage, und sie ging durch die Eingangshalle in den Hof. Vor ihr erhob sich die Laune eines orientalischen Prinzen, der wie durch Zauberhand an diesen Ort transportiert worden war. Das Badehaus war vollständig von Fayence-Kacheln in allen Farbnuancen des Meeres bedeckt, über den Fenstern mit großen Fratzengesichtern geschmückt, und am Sockel imitierten blaugrüne Fliesen rinnende Ströme. Sie verstand jetzt, warum die Straße den fernen und glanzvollen Namen Odessa trug. Sie fragte sich, ob die Familie Ascher ihren eigenen Waschraum darin gehabt oder ob sie früher diese öffentlichen Bäder besucht hatte, doch das, was sie über ihr Leben wusste, reichte für eine Antwort auf diese Frage nicht aus.

Nach den farbigen Fayencen kam ihr die schmutzig graue Fassade des Hauses Nummer 16-18 mit ihren braunen Streifen todtraurig vor. Was sie vor allem abstieß, wie sie sehr viel später zugeben musste, war nicht so sehr das Aussehen des im Grunde ganz gewöhnlichen Gebäudes, sondern die Tatsache, dass es auf den Trümmern von Daniels Zuhause errichtet worden war. In der Mitte des Wohnhauses stand eine Tür mit dicht beieinanderstehenden Gitterstäben einen Spalt offen. Ein dunkler Flur, eine Art unterirdischer Gang, wie man ihn in der Metro findet, öffnete sich dahinter, an seinem Ende drang Licht durch ein kleines Fenster. Die sehr niedrige Decke bestand aus vertikalen Metallplättchen, der schwarz gepflasterte, leicht abschüssige Fußboden mündete in einem breiten Schacht unter freiem Himmel, und eine spiralförmige Treppe führte in den Keller hinunter. Ringsum verwahrloste geschlossene Ladenlokale, zumeist mit heruntergelassenen Gittern. Sie suchte nach irgendeiner Spur von früher, doch alles stammte eindeutig aus den siebziger Jahren, Rauchglas, Beton und Edelstahl. Die drei Bäumchen in der Mitte des Kreises am Ende des Gangs, die ihre dünnen Zweige zum grauen Himmel erhoben, wirkten künstlich.

Unten war die Luft eisig, viel kälter als auf der Straße. Eine Stimme hinter ihr ließ sie zusammenschrecken, kann ich Ihnen helfen, Mademoiselle? Es war eine sehr alte Dame, ganz klein und schmächtig, einen schwarzen Hut schief auf dem Kopf, die einen Einkaufswagen hinter sich herzog und eine Baguette in der Hand hielt. Als sie diese so alte und kleine Frau sah, begriff Hélène, dass sie endlich gefunden hatte, wonach sie gesucht hatte. Sie fragte sie, ob sie aus dem Viertel stamme und ob sie wisse, was sich vorher hier befunden hatte, sie wiederholte die Frage lauter, um verstanden zu werden, ja, an der Stelle des Gangs habe es früher eine Passage gegeben, ein schmales Gässchen mit allen möglichen Werkstätten, Schreiner, Drucker, Schlosser, die Kinder hätten dort gespielt. Sie folgte der alten Frau, und als sie in der Rue d'Odessa herauskamen, atmete sie tief durch. Gegenüber dem Wohnhaus zeichnete die alte Frau mit ihrer Brotstange Häuser in die Luft, eines auf jeder Seite der Passage, unter der Nummer 18 habe es eine Strumpfhandlung gegeben und unter der 16 zwei kleine Geschäfte, links ein Fotoatelier und rechts einen Tapezierer. Hélène sah die beiden Läden hinter den Strichen der Baguette deutlich vor sich, mit der schmalen Vorderfront, auf der in weißen Buchstaben *Atelier Ascher, Fotografie* stand. Hatte die Passage einen Namen, jedenfalls keinen offiziellen, wir nannten sie Passage d'Odessa, und diejenigen aus der Rue du Départ nannten sie Passage du Départ. Um 1970 war alles dem Erdboden gleichgemacht worden, zusammen mit dem Bahnhof und einem Teil des Viertels, um den Turm und alles Übrige aus dem Boden zu stampfen, stellen Sie sich den Lärm vor, den Schutt überall, wie nach einem Bombenangriff, fünfzehn Jahre war es die reinste Hölle. Der Name des Fotografen sagte ihr nichts, Agère, Ascher, sagen Sie, möglich, das Atelier habe den Besitzer gewechselt, an die Neuen erinnere sie sich nicht, auch nicht, ob sie Kinder gehabt hätten. Sie seien während des Krieges weggezogen, der Tapezierer habe die Räume übernommen, um seine Werkstatt zu vergrößern. Er habe die ganze Vorderfront, die blau, dunkelblau gewesen sei, braun gestrichen. Sie wusste nicht, warum diese Leute weggezogen waren, ob sie Juden gewesen seien, nein, keine Ahnung, das wisse sie nicht. Der Tapezierer habe das Viertel bei der Befreiung verlassen. Aber warum wollen Sie das eigentlich alles wissen, ich bin Archäologiestudentin, ich interessiere mich für alte Steine, sie zog die Augenbrauen hoch und nickte, ah, das ist gut, das ist sehr gut.

Als Hélène zur Rue Vavin zurückkehrte, fiel ihr ein Abbruchgelände ein, das sie einmal in Orléans gesehen hatte. An den Mauern des Nachbarhauses hatten sich noch Tapetenreste, Spuren von Täfelungen, Wandschränken und Kaminen befunden und sogar Fotos von Schiffen, mit denen ein Kind sein Zimmer geschmückt hatte. Es musste einen Zeitpunkt gegeben haben, an dem die Nummer 16 der Rue d'Odessa abgerissen worden war und Überbleibsel des früheren Lebens von Daniel und seiner Familie, ein Stück Tapete, die Spur eines Spiegels oder eines Bildes, noch sichtbar gewesen waren.

In dieser Nacht hatte sie allein geschlafen und von den *Bains d'Odessa* geträumt. In ihrem Traum ähnelten sie nicht dem, was sie gesehen hatte, es war ein breites Gebäude aus Ziegelsteinen, aus dem eine seltsame Musik drang, die wie das Pfeifen einer Orgel mit verbogenen Pfeifen klang. Dutzende von Leuten in Reih und Glied, Kinder vor allem, warteten vor der Tür, sie waren nackt, und jeder hielt ein Stück Seife in der Hand. Ihr Bruder war ebenfalls da, viel kleiner als sie, und sie versuchten zu erkennen, was im Innern des Gebäudes vor sich ging, doch die Fenster waren undurchsichtig, man konnte nichts sehen. In der Menge bemerkte sie ein bekanntes Gesicht, und trotzdem vermochte sie nicht zu sagen, wo sie diesem Mädchen schon einmal begegnet war.

Dieser Traum weckte sie, und einen Augenblick lang lag sie mit weit aufgerissenen Augen da, mit dieser ungewöhnlichen Hellsicht, die einen manchmal mitten in der Nacht befällt. Sie stand auf und entfernte das Foto der aus dem All aufgenommenen Erde, die das Bild von Soutine verbarg. Im Halbdunkel kam es ihr anders vor, was sie jetzt bemerkte, war nicht mehr das Leid eines entstellten Körpers, es waren vielmehr die Augen des Mädchens, zu große Augen, die sie anstarrten.

Als sie mit der Hand sanft über das Porträt fuhr, als wollte sie dieses verängstigte Gesicht besänftigen, spürte sie eine Unebenheit unter den Fingern. Der Rahmen öffnete sich wie eine Tür zu einer kleinen Nische in der Wand. Sie enthielt eine vergilbte Papierrolle mit ein paar handschriftlichen Worten in hebräischen Schriftzeichen

די גאַנצע וועלט איז איין שטאָט.

Zweiter Teil

Dezember 1999 – April 2000

XIII

AUF EINER DSCHUNKE AUF DEM JANGTSEKIANG

Hélène war Dutzende Male an dem Geschäft *Aux douceurs de Félicie* in der Rue Bréa vorbeigegangen, in dem alle Arten von Bonbons verkauft wurden. Unmittelbar vor den Weihnachtsferien, in denen sie zwei Wochen getrennt sein würden, weil er zu seinen Eltern nach Südfrankreich fuhr und sie zu ihrer Familie in die Auvergne, betrat sie es mit Guillaume. Der winzige Laden roch nach Karamell und Nikoläusen aus Lebkuchen, und hohe Gläser mit Etiketten, *Ardoises de Cande, Pastilles de Vichy, Cailloux du gave de Pau,* standen dort aneinandergereiht. Guillaume wollte von allen ein paar kaufen, um sie zu probieren, und die Verkäuferin, die müde und schlecht gelaunt wirkte, stieg auf ihre Trittleiter, um die Gläser eines nach dem anderen herunterzuholen. Hélène hatte Fruchtbonbons in keiner guten Erinnerung, als kleines Mädchen hatte sie die Bonbonniere ihrer Großmutter fallen lassen, sie erinnerte sich an die bunten Kugeln und Pastillen, die zwischen den Porzellanscherben auf dem Boden lagen, und die tiefe Stimme ihres Großvaters, sieh dir deinen jüngeren Bruder an, der ist ruhiger als du. Und ihr Vater hatte leise, vielleicht nur zu ihr, gesagt, dass man ihm auch ständig seinen jüngeren Bruder als Vorbild hingestellt hatte, sieh dir Thierry an, wie artig er ist, und du musst immer herumtoben.

Guillaume betrachtete die altmodischen Metalldosen, *Pralines de Montargis*, *Bergamotes de Nancy*, *Bêtises de Cambrai*. Die *Négus de Nevers* erinnerten ihn an den Titel *Die Erben des Négus* aus der Serie *Das schwarze Zeichen*, der Roman spielt in Äthiopien, mit sturzbetrunkenen Siedlern und gemeinen Kindersklavenhändlern. Die Verkäuferin erstarrte mit erhobenen Armen, Sie sprechen von *Das schwarze Zeichen*, und als hätte sie eine Maske abgenommen, lächelte sie jetzt, ich kenne den Autor, wissen Sie, er wohnt ganz in der Nähe. Er ist mein Großonkel, sagte Hélène. Sie hätte sie beinahe umarmt, Daniel Roche sei ein alter Bekannter, als er mit dem Rauchen aufgehört habe, sei er zu ihr gekommen, um Lakritze zu kaufen, sie seien sich sympathisch gewesen, er hat mir all seine Bücher gewidmet, *Für meine schöne Félicie*, so heiße ich. Ihre Wangen röteten sich jetzt. Sie tauschte mit Guillaume Lektüreerinnerungen aus, er liebte die Begegnungen mit pittoresken Personen, sie eher die geheimnisvollen Passagen, ihr Lieblingsbuch war der letzte Band, der dreiundzwanzigste, *Diebstahl im Garten der Flüchtlinge*, Guillaume mochte ihn nicht so sehr, er sei kein wirklicher Abenteuerroman, eher ein Krimi, er drehte sich zu Hélène, er spielt in Pompeji, hat mit Archäologie zu tun, er könnte dir gefallen.

Die Verkäuferin verschloss die Tütchen mit kleinen roten Bändern, sie hatte ein Faible für den Helden, für seine Kämpfernatur, seine Zerstreutheit und seine Tätowierung, sie nannte ihn vertraulich Pete. Guillaume verstand nicht so ganz, was eine Frau an einem Globetrotter wie ihm finden konnte, der nie da war, immer am Ende der Welt, sie lächelte, das können Sie nicht verstehen, wissen Sie, Daniel ist ebenfalls ständig auf Reisen, und er hat weiß Gott eine Menge Verehrerinnen, sie verstaute die Tütchen langsam in einer Tüte, mich zum Beispiel, jetzt kann ich ja darüber sprechen, wenn es nur an mir gelegen hätte.

Hélène fragte sich, wie sie wohl vor zwanzig Jahren ausgesehen hatte, sie war immer noch schön mit dem schmalen Kinn und den filigran gezeichneten Augenbrauen, doch der Gedanke, Daniel könnte ein Abenteuer mit einer Frau gehabt haben, kam ihr absurd vor, sie hatte sich ihren Großonkel nie verliebt vorgestellt, vielleicht wegen seines kindlichen Wesens. Félicie lächelte noch immer, über den Taschenrechner gebeugt, es heiße ja, Seeleute hätten in jedem Hafen eine Frau, Daniel sei wie Pete, sein Herz schlage nur für eine Frau, sie seien beide unfähig, eine andere wirklich zu lieben. Guillaume fragte, wer denn Peters Geliebte sei, in den Büchern sei nirgends die Rede davon, und sie lächelte und tat noch eine Schachtel dünne Waffeln in die Tüte, *Gaufrettes amusantes*, Sie wissen doch, da stehen Worte drauf, ich schenke sie Ihnen, wo Sie so gerne lesen.

Im Zimmer legte Guillaume die elf Tütchen mit Bonbons auf den Schreibtisch und probierte alle, sie reihten die amüsanten Waffeln aneinander, *Was ist dir über die Leber gelaufen, Das ist ein Geheimnis, Sagen Sie nichts,* und dann aßen sie sie bis zur letzten, *Ich liebe Sie*, die sie sich für den Schluss aufgehoben hatten.

Spät am Abend gingen sie ins *Lotus de jade* essen, ein China-Imbiss weiter oben in der Rue Vavin. Sie waren die einzigen Gäste und setzten sich in den kleinen hinteren Raum. Die linke Wand war mit einer Landschaft geschmückt, steil aufragende Berge und Damen mit Sonnenschirmen, die in einem Spiegel auf der rechten Seite vervielfacht wurden. Im Radio sang eine sehr hohe Stimme. Dieses unechte China reichte aus, um sie auf Reisen zu schicken. Nebeneinandersitzend übten sie sich darin, mit Stäbchen Ente mit fünf Gewürzen zu essen, und sie lachten, wenn ihnen ein Stück entglitt. Guillaume erzählte Hélène die Episode aus *Die Terrakottaarmee von Xi'an*, in der die junge Bäuerin, die in einem Brunnen den ersten Terrakottasoldaten von Kaiser Qin entdeckt, fasziniert feststellt, dass er ihr aufs Haar gleicht.

In dieser Nacht war das Zimmer unter dem Dach eine Dschunke, die auf dem Jangtsekiang segelte. Wie jedes Mal, wenn Guillaume die Nacht bei ihr verbrachte, schliefen sie mit angewinkelten Beinen ein, wobei er sie mit den Armen umschlang, eng aneinandergeschmiegt, für die Ewigkeit, wie sie dachten.

XIV

OMA GUYON RIBBELT AUF

Die Gleise zogen langsam vorbei, kreuzten sich und verschmolzen, je weiter sich der Zug von der Pariser Gare de Lyon entfernte, in den Kopfhörern ihres Nachbarn wummerte ein Schlagzeugrhythmus. Sie öffnete eine Vorlesung, *Byzantinische Mosaiken, Techniken und Restauration,* doch die Aufzeichnungen ermüdeten sie. Bevor sie über die Seine fuhren, war ihr Nachbar eingeschlafen. Sie holte aus ihrer Tasche *Diebstahl im Garten der Flüchtlinge*, auf dem Umschlag ging Peter Ashley-Mill durch die tote Stadt, im Hintergrund rauchte der Vesuv, sie wollte nur darin blättern.

Furto stranissimo all'Orto dei fuggiaschi. Diese Schlagzeile der Lokalzeitung erregt die Aufmerksamkeit von Peter, der vor der Bucht von Neapel seinen Cappuccino trinkt. Er macht Urlaub in der Pension Miramare, der Arzt hat ihm Erholung verordnet. In Pompeji hat gerade ein merkwürdiger Diebstahl in dem Garten stattgefunden, in dem Dutzende von Personen das Opfer von Glutwolken geworden waren. Zwei Körperabgüsse sind verschwunden, derjenige einer Frau und eines kleinen Kindes. In dem Artikel ist von mutmaßlichen Komplizen die Rede, am Tag ist der Ort sehr frequentiert, nachts wird er bewacht, und diese Abgüsse sind recht sperrig. In seine Lektüre vertieft, führt Peter statt seiner Tasse die Zuckerdose zum Mund, legt die Zeitung hin, überlegt einen Augenblick und steht auf. Sein Urlaub wird ein rasches Ende finden.

Die Polizei lässt den Fall schleifen, Peter durchforscht Pompeji auf der Suche nach Hinweisen, die Bäder, den Markt, die Mysterienvilla. Er besorgt sich Fotos der gestohlenen Abgüsse, die Frau auf dem Bauch liegend, die Arme unter dem Gesicht angewinkelt, das Kind eingeigelt. Warum haben die Diebe gerade diese Abgüsse gewählt, vielleicht wollten sie an Juwelen heran, die im Gips eingeschlossen sind. Als Peter ein Foto der Ermittlungen vergrößern lässt, entdeckt er im Hintergrund eine Gestalt. Er benutzt auch die alte Methode der Asche, die abends auf dem Boden eines Saals des Archivs des Archäologischen Museums von Neapel ausgestreut wird und am nächsten Morgen Spuren von Schritten sichtbar macht.

Hélène bemerkte plötzlich, dass ihr Nachbar nicht mehr da war, der Zug hatte Nevers hinter sich gelassen, dann setzte sie ihre Lektüre fort. Zwei mit *Octavius Quartio* unterschriebene Nachrichten auf Lateinisch im Goldenen Buch des Museums bringen Ashley-Mill auf die Spur des berühmten Vulkanologen Jihap Ostrov, der schon sehr häufig mit starkem russischem Akzent Katastrophen angekündigt hat. Seit dem Diebstahl haben ihn seine Nachbarn auf der Insel Ischia, wo er wohnt, nicht mehr gesehen. Peter gelingt es, sich Zugang zu seinem Haus zu verschaffen, und er durchsucht alle Räume. In einem Zimmer entdeckt er einen merkwürdig schweren Koffer. Er hebt den Deckel hoch.

Sie beendete das Kapitel, als der Zug seine Geschwindigkeit drosselte, *Meine Damen und Herren, in wenigen Augenblicken erreichen wir Moulins.* Hélène konnte sich gerade noch zum Aussteigen fertig machen.

Sie kam zur Mittagessenzeit bei ihrer Großmutter an, und als sie nach dem Essen wie üblich das Album holte, sagte Suzanne, aber diese Fotos kennst du doch in- und auswendig. Hélène hatte erwartet, sie immer noch tief betrübt vorzufinden wie im letzten Sommer. Doch schon auf der Schwelle war sie ihr fast verjüngt vorgekommen, in einem neuen Pullover mit lebhaften Farben, die Augen durch Eyeliner leicht betont. Sie waren allein, der Rest der Familie würde erst am nächsten Tag kommen. Während des Mittagessens hatte Suzanne von ihren Beschäftigungen erzählt, immer noch die Schule im Krankenhaus, Tai Chi, das war neu, sie hatte es ihr in der Küche sogar vorgeführt, ich wehre den Tiger ab, ich bewege die Wolken, lach nicht, sonst falle ich hin. Sie hatte auch Pläne, sie wollte reisen, seit Langem träumte sie schon davon, den Gesang der Wale im Mündungsgebiet des Sankt-Lorenz-Stroms zu hören, Maurice war nicht gern gereist. Hélène fragte sich, ob sie nicht zu viel des Guten getan hatte, um ihn zu überzeugen, oder tat, um sich selbst zu überzeugen. Würde sie in ihrem Alter ein neues Leben anfangen können, man kann ein Kartenspiel von vorn beginnen oder das Wohnzimmer frisch streichen, aber sein Leben.

Nachdem sie das Wachstuch abgewischt hatte, schlug Hélène das Album auf dem Tisch auf. Sie kannte die alten Familienfotos gut, sie und ihr Bruder hatten sie sich jedes Mal angeschaut, wenn sie als Kinder in den Ferien nach Saint-Ferréol gekommen waren. Damals hatten sie ungeordnet in einer großen Schublade der Kommode gelegen. Nach dem Tod ihrer Mutter hatte Suzanne sie an sich genommen, Paule hatte kein Interesse an den Erinnerungen an die Vergangenheit. Der Großvater hatte sie damals in große Plastikalben geklebt und in seiner schönen Handschrift Titel und Daten hinzugefügt.

Hélène glaubte, sich an das Klassenfoto zu erinnern, auf dem Daniel zum ersten Mal auftauchte, sie sah ihn in Kittel und Holzschuhen wie die anderen Jungs. Sie hatte sich geirrt. Vor der steinernen Fassade der Jungenschule war Daniel unter etwa dreißig durchgefrorenen Schülern der einzige, der Halbstiefel trug. Letzter in der mittleren Reihe, stand er etwas abseits von den anderen, man konnte nicht erkennen, ob er lächelte, er war auch der Einzige, der nicht zum Fotografen, sondern anderswohin blickte. Vielleicht hatte sie ihn deswegen auf dem Hochzeitsfoto der Peyrelevades nicht erkannt.

Sie beugten sich beide über das Foto, ihre Köpfe berührten sich fast, und Hélène spürte auf ihrer Wange Suzannes warmen Atem und nahm ihren Kaffeegeruch wahr. Findest du nicht, dass er ein bisschen verloren aussieht, fragte sie, wer, Daniel, aber nein, warum verloren. Suzanne deutete auf den Pullover, dessen Kragen man unter dem Kittel hervorblitzen sah, ich erinnere mich an ihn, er war dunkelrot, er war meiner, Oma Guyon hatte ihn für ihn neu gestrickt. Ihr Finger verweilte einen Augenblick auf dem Ausschnitt des Kittels, als ich Daniel zum ersten Mal gesehen habe, trug er diesen Pullover. Als sie an dem Tag nach Hause gekommen war, hatte sie gesehen, wie ihre Mutter und ihre Großmutter ihn ihm über den Kopf zogen. Schließlich hatte Oma eine Schere geholt, um die Naht aufzuschneiden, und ein unbekanntes Gesicht war erschienen. Erst in diesem Augenblick hatte ihre Mutter Suzanne bemerkt, komm her, das ist der kleine Flüchtling, von dem wir dir erzählt haben. Sie hatte sich ein viel jüngeres Kind vorgestellt, das sie bemuttern könnte, ich dachte, ich könnte Mutti spielen, von wegen, er war zehn, ich zwölf, was war ich enttäuscht, ich dachte, ich könnte mich nie an ihn gewöhnen, doch dann.

In der ersten Zeit war sie eifersüchtig gewesen wie bei der Geburt eines kleinen Bruders, der einem den Platz wegnimmt, ich hatte diese Pullovergeschichte völlig vergessen. Oma Guyon hat den Krieg damit verbracht, unsere Wollsachen aufzuribbeln, Daniel musste mit erhobenen Armen dasitzen, damit sie ihre Wollstränge aufrollen konnte, hör auf, so herumzuzappeln. Um ihn ruhig zu halten, erzählte sie ihm Geschichten, er wollte immer die von dem Ziegenbock hören, der die Tochter des Königs heiraten will, du kennst sie, der Herrscher verlangt einen Palast, einen Garten, und der Bock erfüllt seine Wünsche, doch der König will sein Versprechen einfach nicht halten.

Auf der nächsten Seite, Mai 1944, posierte Daniel vor der Kirche, eine Kommunionsbinde über dem Ärmel. Zwei Jahre zuvor war er gleich nach seiner Ankunft getauft worden, damit er eine Bescheinigung hatte. Man rief ihn immer bei seinem Vornamen, der nicht allzu jüdisch klang. Auf dem Foto hielt er sich sehr gerade zwischen Paule und Suzanne auf der einen Seite und Angèle, ihrer Mutter, und der winzigen Oma Guyon auf der anderen. Wegen der Sonne blinzelten sie, und sie wirkten wie eine Familie, schau mal, er hat das Einstecktuch rechts, Mama hatte seine Jacke aus einer alten von Papa gemacht, indem sie den Stoff einfach umgedreht hatte.

Man spielte häufig *Die sieben Familien* in der Familie Lahure, ich möchte den Sohn mit dem Schweinekopf in einem Korb, weißt du, wir haben das Spiel immer noch, es dürften ein paar Karten fehlen. Beim Versteckspielen hat Daniel immer gewonnen, er versteckte sich auf dem Speicher, unter dem Becken in der Spülküche, im Besenschrank, auf dem Heuboden, nicht im Keller, nie, man betrat ihn ebenerdig, und für ihn musste ein echter Keller unter der Erde sein. Er blieb versteckt, bis ich aufgab, bis ich aufhörte, ihn zu suchen.

Hélène fragte, ob Daniel ihnen von Paris und von seiner Familie erzählt habe, ob er Fotos, Gegenstände mitgebracht habe, nein, nur Kleidung in einem kleinen Koffer, ein paar *Bayard*-Hefte, ein winziges Buch, aber keine Erinnerungen. Von seinen Eltern habe er nur gesprochen, wenn er sich vor seinen Freunden habe interessant machen wollen, um anzugeben, er habe behauptet, sein Vater habe ein schönes Auto gehabt, seine Tante in Amerika sei Millionärin, von wegen, wir wussten genau, dass das nur leeres Gerede war. Über sein wirkliches Leben hat er nie gesprochen, auch später nicht. Obwohl wir den ganzen Krieg über im selben Haus gewohnt und vor allem zu dritt mit Paule im selben Zimmer geschlafen und nachts unseren Atem gehört haben, war Daniel doch nur eine Art vorübergehender Bruder. Ein paar Jahre nach der Befreiung haben Angèle und Joseph ihn adoptiert. Als er Oma Guyon seinen echten Personalausweis mit dem Namen Daniel Roche gezeigt hat, hat sie gesagt, mein Kleiner, und geweint.

Suzanne rieb die Ecke der nächsten Seite im Album, Juni 1950, zwischen den Fingern, ihre Hochzeit mit Maurice, die Familie im Hof, die kleinen Cousins und Cousinen vor dem Brautpaar, ihre Köpfe verdecken ihren schon runden Bauch. Sie wollte umblättern, doch Hélène hielt ihre Hand fest, man behauptete immer, sie würden sich ähnlich sehen, vor allem auf diesem Foto, aber Daniel war gar nicht darauf. Er war zu seiner ersten Reise aufgebrochen, zu dieser berühmten Tante in Amerika, die wirklich existierte, auch wenn sie keine Millionärin war. Seit Kriegsende hatte sie ihm Briefe auf Englisch in Luftpostumschlägen geschickt, geschrieben auf Blättern so dünn wie Bibelpapier, die er mithilfe des Wörterbuchs beantwortet hatte. 1950 hatte sie ihm die Schiffsfahrkarte geschickt, und Papa hatte ihn im Zug nach Le Havre begleitet.

Am Ende des Albums befanden sich ein paar lose Fotos, darunter eines von Suzanne und Maurice mit ihren beiden Söhnen am Strand, auf der Rückseite stand *Arcachon, August 59*. Alain war achteinhalb und Thierry sieben, doch der Jüngere war bereits so groß wie der Ältere und würde ihn bald überholen, mit fast fünfzig war Alain immer noch eifersüchtig. Hélène liebte dieses Foto, die Haltung ihres Großvaters, der im Sand kniete und seine beiden Jungs an den Schultern hielt, ihre drei Köpfe nahe beieinander, und ihre Mutter, die neben ihnen saß und sie ansah. Sie betrachtete sie mit ihr gemeinsam.

An diesem Abend stieß sie im Bücherregal auf den rotgrauen Rücken der *Fährleute des Amazonas*, es war der einzige Band von *Das schwarze Zeichen*, der sich dort befand. Er hatte keine Widmung, die Seite war herausgerissen worden. Sie las an der Stelle weiter, an der Guillaume aufgehört hatte zu erzählen, als Peter sich dem Indianerdorf nähert und ein Pfeil pfeifend an seinem Ohr vorbeifliegt und seinen Rucksack durchbohrt. Sie begleitete den Helden in den Wald und verfolgte sein nächtliches Eindringen in das Dorf, um den Schamanen zu warnen, seine Gefangennahme und den Angriff auf den Stamm durch die Mitglieder der Expedition. Sie ließ sich fesseln vom Kampf der Carinaua, die von Zensuna angeführt wurden, der Tochter des Kaziken und einst die Freundin des Helden, von dem sie sich getrennt hatte, den sie jetzt aber befreite, um ihn zu einem ihrer Krieger zu machen. Und anschließend die Flucht der Weißen, Peters Aufbruch und seine Überquerung des Flusses im Kanu, während ihm die Indianer vom Ufer aus zuwinkten, Zensuna als Letzte.

Am zweiten Tag nach Weihnachten, nachdem die ganze Familie wieder weg war, blieb Hélène noch ein paar Stunden in Moulins. Unmittelbar bevor sie sich von ihr verabschiedete, erinnerte sich Suzanne, dass Daniel eines Tages ein Messer oder eine Ahle in die Schule mitgenommen und einen Schüler damit verletzt hatte. Der Lehrer hatte ihn bestraft und ihm die Waffe abgenommen, und er war daraufhin krank geworden. Paule erinnert sich bestimmt genauer als ich daran, sie hat ein besseres Gedächtnis, und du kennst sie ja, sie weiß immer alles.

XV

DANIELS DOLCH

Als Hélène in den Zug nach Clermont-Ferrand stieg, ahnte sie, dass Tante Paule keine Zeit für sie haben würde. Nie war sie so aktiv gewesen wie im Ruhestand, sie war für die Gemeinde und für verschiedene Vereine tätig, dabei war der Beruf der Hebamme auch nicht gerade ein Honigschlecken gewesen, wie sie sagte. Im Sommer hatte sie in Saint-Ferréol im Garten gearbeitet. Wenn Hélène und ihr Bruder die Osterferien und den Juli dort bei ihren Großeltern verbracht hatten, war Tante Paule immer da gewesen, sie hatte die Speisepläne gemacht, die Wunden verbunden und nach der Farbe des Himmels bei Sonnenuntergang das Wetter für den nächsten Tag vorhergesagt. In allen Situationen musste man immer nur Paule fragen, sie wusste alles. Sie, die Witwe war, hatte gewusst, welcher Psalm bei der Beerdigung ihres Schwagers Maurice im Februar in der Kirche zu lesen war, und sie war ihrer am Boden zerstörten Schwester eine Stütze gewesen. Sie war stark, unermüdlich, eine echte Roche.

Als sie zu Paule kam, hatte Hélène wie üblich das Gefühl zu stören. Das kleine Haus war voller freiwilliger Helfer, die Päckchen für das Neujahr der Armen packten. Sie waren erst spät gegangen, und da das Fernsehen Windböen vorhergesagt hatte, hatten Paule und Hélène alle Fensterläden geschlossen, bevor sie kochten. Paule öffnete ein Glas Bohnen und bereitete ein Omelette zu, wobei sie die Eier mit einer Hand aufschlug wie Suzanne. Als sie nach dem Essen ihre Serviette in den dafür vorgesehenen Ring schob, traute sich Hélène endlich, bevor sie aufstand, um das Geschirr zu spülen, sie zu fragen, sag mal, erinnerst du dich an Daniels Ankunft. Doch anstatt zu antworten, legte Paule einen Finger auf die Lippen und spitzte die Ohren. Ein dumpfes Heulen ertönte im Wohnzimmer, wurde zu einem Brausen, einem lauten Getöse, das war der Wind im Kamin und dessen Eisengitter, das wie ein Dämon dagegenschlug.

Fast gleichzeitig ging das Licht aus, Paule tastete nach einer Kerze und zündete sie an, die im Luftzug flackernde Flamme projizierte hinter ihnen bewegte Schatten an die Wand. Das war viel mehr als die vorhergesagten Böen oder ein einfacher Sturm. Paule schaltete ein altes batteriebetriebenes Radio an, und sie kehrten zum Tisch zurück, um die Nachrichten zu hören wie bei einem Blackout. Ein Orkan, wie sie ihn noch nie erlebt hätten, noch heftiger als derjenige, der am Tag zuvor über den Norden Europas hinweggefegt sei, überquere den ganzen Süden des Landes, in der Auvergne habe er seine volle Stärke noch nicht erreicht.

Tatsächlich hörten sie, wie er immer lauter heulte, unter die Dachziegel und in die Rohrleitungen fuhr, die Mauern erschütterte, das ganze Haus krachte, man musste fürchten, dass es jeden Augenblick einstürzte. Das Schlimmste war, dazu verdammt zu sein, diesen Höllenlärm zu hören, ohne etwas zu sehen. Ringsumher auf der Straße schlugen die Fensterläden wie Schüsse gegen die Mauern, Dachziegel und alle möglichen Gegenstände zerschellten auf dem Boden oder an den Außenwänden, und von überall her waren die Sirenen der Feuerwehr zu hören, man kam sich vor wie bei einem Bombenangriff. Paule wollte Suzanne und den Rest der Familie anrufen, doch das Telefon war tot, und Hélènes Handy hatte keinen Empfang. Mit ihren dreiundsechzig Jahren hatte Paule so etwas noch nicht erlebt. Zum Glück waren die Häuser in der Straße Reihenhäuser, die sich gegenseitig stützen würden. Suzannes Haus war modern und solide, sie war nicht in Gefahr.

Der Höhepunkt schien erreicht, der Lärm wurde nicht mehr lauter, sie konnten schlafen gehen. Paule gab Hélène eine Taschenlampe, und als sie die Treppe hochging, tat sie so, als könnte sie nichts erschüttern, doch der Kerzenhalter in ihrer Hand zitterte. Hélène machte es sich für die Nacht auf dem Sofa im Wohnzimmer bequem, unter dem Foto von Paules Sohn bei der Kommunion, zwischen Mutter Teresa und Schwester Emmanuelle, die ihr im Halbdunkel weniger vertraut vorkamen. Sie dachte an Guillaume, in Südfrankreich war er in Sicherheit, doch sie hätte ihn gern angerufen, um ihn darüber sprechen zu hören, als wäre es ein Abenteuer. Als sie den Schlafsack schloss, dachte sie, wenn sie zusammen wären, würden sie sich umklammern wie Liebende in den Qualen der Hölle.

Da der Lärm sie am Schlafen hinderte, las sie schließlich im Schein der Taschenlampe *Diebstahl im Garten der Flüchtlinge* weiter. Der schwere Koffer, den Peter bei Jihap Ostrov gefunden hatte, war leer, er war fest mit dem Fußboden verbunden, und sein doppelter Boden verbarg eine Falltür. Im Keller darunter fand er die Abgüsse auf einem Bett, sie schienen zu schlafen, und Ostrov betrachtete sie. Halb verrückt geworden, hielt er sich für Octavius Quartio, der am Tag vor der Katastrophe die Stadt verlassen und vergeblich nach seiner Familie gesucht hatte. Peter begriff, dass Ostrov einst ebenfalls seine Frau und seinen Sohn durch einen Unfall verloren hatte. Er hatte diese beiden vor dem bevorstehenden noch schlimmeren Ausbruch retten wollen, der die Lebenden und sogar die Erinnerung an die Toten begraben würde.

Während sie las, beruhigte sich der Wind allmählich. Vielleicht blieb das Buch für sie, weil sie es während des Orkans gelesen hatte, über den etwas platten Kriminalfall hinaus mit einem Gefühl des Schreckens verbunden. Auf dem Umschlag stand *Ab zehn Jahren*. Man musste schon etwas leichtsinnig sein, dachte sie, oder grausam, um so jungen Lesern von Trauer, vom Tod eines Kindes, vom Schmerz, der verrückt macht, zu erzählen. Schließlich schlief sie ein. In ihrem Traum war der Boden des Friedhofs von Toulouse mit hart gewordener Asche bedeckt, und mit Kelle und Pinsel förderte sie einen kleinen Schädel zutage. Sie erkannte das strubbelige Haar von Jonas. Er schlief so tief, dass sie ihn nicht zu wecken vermochte, nicht einmal, indem sie seinen Namen brüllte.

Am nächsten Morgen gab es noch immer keinen Strom im Haus, im Radio war die Rede von Dutzenden Toten, ganzen Vierteln, die verwüstet waren, und vernichteten Wäldern in ganz Europa, Paule sagte immer wieder, die armen Leute, die armen Leute. Plötzlich stand sie auf, in Saint-Ferréol muss der Sturm noch schlimmer gewesen sein, wir müssen hinfahren. Hélène wollte sie zurückhalten, das habe keine Eile, im Radio werde empfohlen, keine unnötigen Fahrten zu unternehmen, doch Paule änderte nie ihre Meinung, sie würde allein fahren, wenn sie sie nicht begleiten wolle.

Hélène steuerte den Citroën AX, zumindest in dem Punkt hatte sie sich durchgesetzt, sie musste langsam fahren, vor jeder Kurve die Geschwindigkeit drosseln aus Angst vor einem Hindernis, abgebrochene Äste umfahren, manchmal auch große Bäume, welche die Feuerwehr nur an die Seite geschoben hatte. Tante Paule starrte auf die Straße, als säße sie selbst am Steuer. Sie war zur Untätigkeit verdammt, und Hélène nutzte die Gelegenheit, erinnerst du dich, als Daniel in der Schule in Saint-Ferréol war, an ein Messer, das der Lehrer ihm abgenommen hatte. Sie blickte Hélène an, glaubst du, das ist der richtige Augenblick, darüber zu reden, du solltest lieber auf die Straße achten.

Als sie Issoire verließen, versperrte ein abgerissenes Schild halb die Straße, Hélène musste abrupt bremsen, der Wagen kam zum Stillstand, und Paule griff sich ans Herz. Der Dolch, ich erinnere mich, so nannte er ihn, es war ein Bleistift, den er bei sich hatte, als er in die Schule kam, ein ganz normaler Bleistift, aber zurechtgeschnitzt, damit er richtig spitz war, er wetzte ihn auf einem Stein, wie sie es in der Messerschmiede von Thiers tun, er sagte, er sei etwas ganz Besonderes, mit einer Mine aus schwarzem Diamant, er sei ein Vermögen wert und man könne jemandem damit ein Auge ausstechen. Eines Tages zerkratzte er Henri Gachon den Arm, eine Riesengeschichte. Der Lehrer bestrafte Daniel, notgedrungen. Am nächsten Tag, vielleicht war es Zufall gewesen, hatte Daniel Fieber, er fehlte tagelang in der Schule. Paule stieß einen langen Seufzer aus, was haben die Eltern für einen Ärger mit diesem Jungen gehabt, vor allem am Anfang, er war vorher bei sich zu Hause dermaßen verwöhnt worden, wahrscheinlich hatte man ihm alles durchgehen lassen, ich mag keinen Kohl, ich will dies nicht, das nicht. Er half, wenn ihm danach war, die Kaninchen füttern, Eier einsammeln, das gefiel ihm, aber die Hühner stinken, sagte er und hielt sich die Nase zu. Bei uns mochte man keine Launen, der Vater war gutmütig, aber man durfte ja nicht aus der Reihe tanzen.

Die Straße führte ins Gebirge hinauf, bedeckt mit einer dünnen Schneeschicht, ab Chambon-sur-Dolore wurde sie immer schmaler und schlängelte sich zwischen den

Bäumen hindurch, dann wieder leicht abschüssig, über Champétières und Susmontargues nach Saint-Ferréol-des-Côtes. Auf beiden Seiten hatte der Sturm alte Tannen umgerissen, und an ihrer Stelle klafften nun große chaotische Lichtungen. Die geballten Fäuste auf den Knien, betrachtete Tante Paule die verwüsteten Waldstücke, was für eine Katastrophe, mein Gott, was für eine Katastrophe. Noch bevor sie ausstieg, sah sie im Hof des Hauses die große Eiche umgestürzt am Boden liegen, die Wurzeln, an denen Erde klebte, zum Himmel erhoben. Wortlos ging sie schnurstracks zu ihr, legte die Hände flach auf den Stamm und streichelte die Rinde wie die Stirn eines Verwundeten. Sie hatte das Gesicht ihrer Mutter gegen Ende, als Hélène sie im Altersheim besucht und sie sie Suzanne genannt hatte.

Auch hier gab es keinen Strom, Hélène machte Tee in der eiskalten Küche, Paule setzte sich und hielt die Tasse in den Händen, um sich aufzuwärmen. Hélène konnte sich nicht erinnern, jemals im Winter nach Saint-Ferréol gekommen zu sein, und zum ersten Mal kam ihr das leere, verschlossene, dunkle Haus fremd vor. Sie öffneten die Fensterläden ihres Zimmers, des blauen Zimmers, im ersten Stock, und Hélène setzte sich auf das Bett. Direkt darüber bildeten drei Knoten in dem runden Deckenbalken noch immer einen Elefantenkopf, und ohne sie zu öffnen, wusste sie, dass sich in der Schublade des Nachttisches Puppenbesteck aus Bein und ein unvollständiges *Die Sieben Familien*-Kartenspiel befanden. Sie dachte an die erste Nacht, die Daniel in diesem

Zimmer mit zwei unbekannten Mädchen verbracht hatte, die damals noch nicht seine Schwestern gewesen waren.

Hélène deutete auf das Bett, auf dem sie saß, du hast als Kind hier geschlafen, ja, mit Suzanne, wir haben immer da geschlafen. Und er, sein Bett stand da, siehst du, manchmal redete er im Schlaf, er sagte, ich auch, wartet auf mich, Worte, die keinen Sinn ergaben, am Morgen hatte er sie vergessen. Sie rollte eine Wollflocke zwischen den Fingerspitzen, die aus einer aufgeplatzten Naht der Matratze herausgequollen war. Bei Kriegsende war er zu groß gewesen, um noch mit den Mädchen in einem Raum zu schlafen, man hatte die Abstellkammer ausgeräumt, um daraus ein Zimmer für ihn zu machen. Damals war er ins Internat in Clermont gekommen, ins Lycée Blaise-Pascal, der Lehrer hatte ihn die Aufnahmeprüfung der Umstände wegen verspätet machen lassen, anschließend hatte er das Versäumte nachgeholt. Samstagabends kam er nach Hause nach Saint-Ferréol.

Hélène öffnete die Tür zur Treppe, die zum Speicher führte, und stieg hinauf, sie erinnerte sich nicht, dass das Dach so niedrig war, selbst in der Mitte konnte man nicht aufrecht stehen, etwas Licht drang durch die Fensterchen auf Bodenhöhe herein. Dort stand das kleine Bett, auseinandergenommen, sie erinnerte sich, wie alle Kinder der Familie darin geschlafen zu haben, unter ihrer Hand erkannte sie das Relief des geschnitzten Segelschiffs am Kopfende wieder. Es war groß genug für Daniel, der klein für sein Alter gewesen war, aber er schlief sehr unruhig und stieß ständig gegen die Seitenwände. Ihr Vater hatte sie durch waagerechte Stangen ersetzt, damit er einen Fuß, ein Bein hinausstrecken konnte, es waren noch die Löcher der Schrauben zu sehen. Paule zeigte ihr die kleinen hölzernen Fensterläden, die Joseph gemacht hatte, damit die kalte Luft nicht durch die Fensterchen eindringen konnte, die damals keine Scheiben hatten, für den Fall, dass Daniel sich auf dem Speicher verstecken müsste, nur einmal hatte er dort oben geschlafen, letzten Endes war alles gut gegangen. Aber es hatte ihm gefallen, und daher kam er hier herauf, um zu lesen, der Lehrer lieh ihm *Die Schatzinsel*, *Robinson Crusoe* und natürlich *Gaspard des montagnes*. Es war kalt auf dem Speicher, und Atemwölkchen kamen aus Paules Mund, wenn sie sprach.

Maurice kam bei Kriegsende fast jeden Abend, er war Lehrer in Saint-Amant-Roche-Savine. Er hatte es übernommen, nach Daniels Eltern in den Listen der Zeitungen zu suchen, es dauerte Wochen, Monate, und dann, eines Abends, hatten sie begriffen an der Art, wie er sein Fahrrad an den Brunnen gelehnt hatte. Er ging zu Daniel, um ihm eine Hand auf die Schulter zu legen, wie er es vermutlich bei seinen Schülern machte, doch Daniel entzog sich ihm und rannte in sein Zimmer hinauf. Maurice sprach leise, er hatte drei Namen auf einer Liste gelesen, Vater, Mutter und Schwester. Bis dahin hatten sie geglaubt, Daniel sei ein Einzelkind, hatte er es uns glauben lassen oder hatten wir es angenommen. Nur ein einziges Mal, viel später, 1950, sagte er mir, nur mir, dass sie ungefähr so alt sei wie ich, na ja, gewesen sei. Dann nichts mehr, nicht einmal ihr Name. Das war, kurz bevor er in Le Havre an Bord gegangen war. Der Vater begleitete ihn, als er zurückkam, war Joseph ein anderer, er erzählte, dass er dem Schiff vom Kai aus nachgeblickt habe, bis es in der Ferne verschwunden sei, und dann kein Wort mehr bis zum nächsten Tag. Hélène stellte sich ihren Urgroßvater vor, von dem sie nie ein Foto gesehen hatte, mit seiner massigen Gestalt, wie er, die Hand über den Augen, dem Dampfer nachgeblickt hatte, bis er am Horizont verschwunden war.

Nachdem Daniel aus Amerika zurückgekommen war, war er nach Paris gezogen und hatte erst Jahre später wieder angefangen, Saint-Ferréol zu besuchen. Paule hatte ihn mehrmals in ihrem Deux-Chevaux zu ihrem Vater ins Krankenhaus von Ambert mitgenommen und später zu ihrer Mutter ins Altersheim. Angèle hatte seinen Namen vergessen, sie schüttelte ihm die Hand und sagte, weißt du, ich habe sie noch immer, deine Medaille. Es war die Medaille der Gerechten, die Daniel ihnen gezeigt hatte.

Sie gingen wieder in den ersten Stock hinunter, und Hélène schloss die Fensterläden des blauen Zimmers. Kurz nach dem Krieg hatte die Tante in Amerika, die Schwester seiner Mutter, ihn adoptieren wollen, sie wollte ihn zu sich holen und hatte einen Brief ins Französische übersetzen lassen, um ihre Ankunft anzukündigen. Die Eltern sagten nichts, Oma Guyon schloss sich in ihr Zimmer ein und weinte. Die Tante hätte gerichtlich um ihn kämpfen können, es gab damals Prozesse, sie hätte vermutlich gewonnen. Und dann hatten sie einen zweiten Brief bekommen, in dem sie verzichtete, ohne zu erklären, warum, Daniel könne bei den Roches bleiben, er würde sie besuchen, wenn er achtzehn wäre. Niemand sprach mehr davon, doch als er noch nicht ganz achtzehn war, war Daniel nach New York gereist, ob diese Tante noch lebt, sie muss jetzt über neunzig sein. Ich glaube, sie heißt Mala.

Wieder in der Küche, öffnete Paule den Wandschrank mit den Konserven und nahm ein paar Gläser heraus, um sie nach Clermont mitzunehmen. Weißt du, früher hatte dieser Wandschrank keine Bretter, wir stellten die Besen hinein, einmal sperrte Papa Daniel wegen Gott weiß was für einer Dummheit hinein, und mit seinem berühmten Bleistift, den er immer in der Tasche hatte, schrieb er etwas an die Wand. Man konnte noch das Wort SCHEISSE in Großbuchstaben erkennen und die Zeichnung eines Hundes mit offener Schnauze und einer Sprechblase: ACHTUNG, ICH BEISSE!

Sie stiegen wieder in den Wagen, Paule betrachtete Hélène am Steuer, es ist verrückt, wie sehr du Suzanne ähnlich siehst, Suzanne zum Zeitpunkt ihrer Hochzeit, zwanzig, das ist sehr jung, wenn man es recht überlegt.

Hélène kehrte mit einem der ersten Züge, die wieder fuhren, nach Paris zurück, die Reisenden zwängten sich hinein, so gut sie konnten, auf den Armlehnen, in den Gängen, auf ihren Koffern sitzend, ein wahrer Exodus. Da Guillaume in Südfrankreich geblieben war, feierte sie Silvester 2000 ohne ihn bei einer Freundin vom Archäologischen Institut. Sie warteten ungeduldiger als sonst auf Mitternacht, es wurde laut geredet, man war in überschwänglicher Stimmung, und das nicht ohne Grund, es würde nicht nur ein neues Jahr beginnen, sondern ein neues Jahrhundert und ein neues Jahrtausend, es war der Vorabend einer neuen Ära. Zu einem alten Song der Beatles, *Lucy in the Sky with Diamonds*, amüsierte man sich damit, Kreise aus Rauch in die Luft zu pusten, die Nullen von 2000, und dann blies man darauf, um sie auszulöschen. Auch wenn man sich noch so sehr über den Millenniums-Schrecken, das Jahr-2000-Problem und den von Astrologen vorhergesagten Weltuntergang lustig machte, ein bisschen glaubte man trotzdem daran, und je später es wurde und je mehr man getrunken hatte, desto mehr bange Sorge mischte sich unter das Gelächter. Die Meteorologen hatten den Orkanen Namen gegeben, Lothar, Martin, wie Jahrmarktsbären, die ausgebrochen waren. Ein wunderschönes, sturzbetrunkenes Mädchen, das mit offenem Haar auf dem Sofa stand und die Götter anrief, prophezeite den Untergang unserer Zivilisation, einen Wendepunkt in der Weltgeschichte.

Hélène saß zusammengesunken auf dem Sofa neben einem Jungen, der ihr zu erklären versuchte, dass das dritte Jahrtausend mathematisch gesehen erst am 1. Januar 2001 beginnen würde. Sie hatte ebenfalls zu viel getrunken, um seiner Argumentation folgen zu können. Sie dachte an diese Tante in Amerika, Tante Mala, die vielleicht noch lebte, es war, als kehre ein Teil von Daniels Familie von den Toten zurück. Im Zigarettenrauch und Alkoholrausch erhoben sich die Wolkenkratzer vor ihr. Im Frühjahr 2000 würde sie nach New York reisen.

XVI

ZWEI FLÜCHTLINGE

Am letzten Sonntag im Februar lud Daniel Hélène ins Restaurant ein, wie er es ihr versprochen hatte. Sie dachte, er würde eine Brasserie im Viertel wählen, doch er verabredete sich mit ihr am anderen Ende von Paris im *Au Petit Navire* in Saint-Ouen. Er wollte die Gelegenheit nutzen, ihr den Flohmarkt zu zeigen, der, wie er sagte, einen Besuch lohne. Die Besitzerin des Restaurants nannte ihn Monsieur Ascher, er stellte ihr Hélène vor, meine Großnichte, Sie sind schon Großonkel, tja, ich wurde gestern geboren, aber es war ein langer Tag.

Er war erst vor Kurzem von seiner Reise zurückgekommen, und Hélène erwartete, dass er ihr von Mauretanien, von der Wüste erzählen und in einer Tasche seines Parkas, der am Kleiderständer hing, suchen und vielleicht eine Sandrose hervorholen würde, aber nein. Sie erzählte ihm von ihrer Reise in die Auvergne, von dem schrecklichen Sturm, ihrer gefährlichen Fahrt zwischen den Hindernissen, der entwurzelten großen Eiche, wobei sie ein bisschen übertrieb, und er hörte ihr zu, amüsiert, mit weit aufgerissenen Augen. Paule hat mir von dir erzählt, Onkel Daniel, als du Kind warst, oh je, Paulette wird dir weiß Gott was berichtet haben, der Pariser, das verwöhnte Kind, nehme ich an. Er blickte auf seinen Teller und spielte mit dem Messer. Sie hat mir auch von deiner Tante in New York erzählt, ach ja, meine Tante Mala.

Sie habe kurz vor dem Krieg Polen über Danzig verlassen und mit ihrem Mann und ihrem Sohn nach Amerika gehen können. Später, als so viele Menschen sich verzweifelt bemüht hätten, die versprengten Familien wieder zusammenzuführen, habe sie Daniels Spur in Saint-Ferréol gefunden, sie habe sogar einen Antrag auf Adoption gestellt. Doch ihn, der während des Kriegs so sehr von Amerika geträumt hatte, habe dieser Gedanke plötzlich erschreckt, für immer weggehen, verstehst du, mir wurde klar, dass ich ein kleiner Roche geworden war, ein kleiner Auvergnate, ich hatte den Akzent angenommen. Er fuhr mit dem Finger über den Rand seines Tellers, als wäre er der Rand einer fernen Insel. Und dann habe Mala plötzlich darauf verzichtet, sie sei nicht gekommen, um ihn zu holen, sie habe ihm lediglich das Versprechen abgenommen, sie mit achtzehn zu besuchen, vielleicht hat sie sich eingeredet, das wäre besser für mich, und außerdem sprach sie kein Französisch, die ganze Sache wäre kompliziert für sie gewesen.

1950 habe er dann sein Versprechen eingelöst und die Überfahrt gemacht. In dem Jahr habe er eigentlich sein Abi machen müssen, doch da er bereits im April abgereist sei, habe er die Prüfungen nicht abgelegt. Warum er nicht bis zu den großen Ferien gewartet habe, er zuckte die Achseln, sagen wir, ich hatte Lust, etwas von der Welt zu sehen, das war mein Alter, die Jugend, weißt du, er lachte, und außerdem sind Globetrotter nicht unbedingt vernünftige Leute.

Mala sei eine schöne Frau gewesen, immer gut angezogen, mit gepflegten Fingernägeln, sie sei Friseurin gewesen und habe wegen der Schere eine Schwiele am Finger gehabt. Sie und ihr Mann hätten ihn wie einen Sohn aufgenommen und ihm Amerika von seiner besten Seite präsentieren wollen, Onkel Jacob sei nicht sehr gesprächig gewesen, aber er habe ein gutes Herz gehabt, und Cousin Sammy habe ihm alles gezeigt, Brooklyn und so weiter, und ihr Viertel habe ausgerechnet Little Odessa geheißen. Um etwas Taschengeld zu verdienen, habe er im Friseursalon Haare gewaschen und gefegt, schon merkwürdig, all die Haare in unterschiedlichen Farben. Mala habe gehofft, er würde bleiben, doch er habe Heimweh gehabt, und nach drei Monaten sei er nach Frankreich zurückgekehrt.

Hélène fragte ihn, ob die Tante noch lebe, er hustete, nein, leider, nahm sein Glas und betrachtete den Rotwein im Licht, na ja doch, wenn man das noch Leben nennen kann. Onkel Jacob ist gestorben, und sie hat den Verstand verloren, sie kann nicht mehr gehen, nichts funktioniert mehr mit sechsundneunzig, verstehst du. Aber er sehe immer noch Sammy, der ab und zu nach Paris komme. Er trank sein Glas aus.

Sie wollte in den Osterferien mit Guillaume nach New

York fliegen. Er kannte Amerika ebenfalls nicht, sie würden eine Woche in einem kleinen Hotel wohnen. Daniel sagte, warum nicht, warum nicht, doch zugleich schüttelte er den Kopf, in New York würde ich gern deinen Cousin und deine Tante besuchen. Er stellte sein Glas etwas zu abrupt hin, und etwas Wein schwappte auf die Tischdecke. Sam, natürlich, er würde ihm Bescheid sagen, er würde ihr seine Nummer geben, er sei ein erfolgreicher Zahnarzt, sehr sympathisch, seine Frau ebenfalls, er habe zwei Töchter aus zwei Ehen, aber meine Tante, was soll das für einen Sinn haben, sie wird nicht wissen, wer du bist, sie erkennt nicht einmal mehr ihren eigenen Sohn, Hélène, geh auf keinen Fall zu ihr. Sie nickte, doch je mehr er insistierte, desto überzeugter war sie, dass sie diese Tante Mala unbedingt sehen musste, bevor es zu spät war.

Sie verbrachten den Nachmittag in der kleinen Welt des Flohmarktes, Daniel kannte jede Gasse, es sei die Höhle von Ali Baba, man könne dort absolut alles finden, Türgriffe aus Glas, Steppschuhe und sogar das echte Hörrohr von Beethoven, man müsse nur gründlich suchen. Auf dem Marché Vernaison in der Rue des Rosiers zeigte er ihr einen kleinen Laden, in dem Schmetterlinge unter Glas, Federn, Vogeleier und Gestein aus der ganzen Welt verkauft wurden. Viele Händler grüßten ihn im Vorbeigehen, nannten ihn Monsieur Ascher oder sogar Daniel.

Sie schlenderten umher, blieben stehen, um in einem Buch, einem Briefmarkenalbum zu blättern, einen Stapel

Postkarten durchzusehen, die Schachtel eines Spiels zu öffnen oder einen Stich zu betrachten. Mal entdeckte er etwas Amüsantes, mal sie, sie sahen sich ganz winzig am kleinen Ende eines Fernglases, sie drehten die Kurbel eines Miniaturkarussells, probierten einen Chapeau Claque, einen englischen Helm, alles in allem war es kein verlorener Tag für sie. Er bestand darauf, ihr eine große Lupe mit Horngriff zu schenken, die ihr bei den archäologischen Arbeiten von Nutzen sein könnte.

Hier hatte Daniel nicht mehr einen eiligen Gang à la Charlie Chaplin wie in seinem Viertel Montparnasse, wo er ständig eine Vorstellung zu geben schien, zu laut lachte, zu laut sprach, zu schnell lief. Es war, als würde er den Film langsamer laufen lassen und hätte die richtige Art der Bewegung wiedergefunden. In den vollgestopften Gassen erlangte er sein Alter zurück, ein alter Mann zwischen alten Gegenständen.

Er wollte Hélène unbedingt seinem guten Freund Élie Frailich vorstellen. Seine Bude befand sich ganz am Ende einer Gasse. Sie war so etwas wie ein kleines Museum der Geschichte der Fotografie mit Vitrinen voller Apparate, Blitzlichter, Teleskopfüße und Fotozellen. Élie saß in seinem Laden und las Zeitung, er hatte sie erwartet, Salut, Dani, Salut, alter Freund. Er war ein kleiner, gedrungener, jovialer Mann, er umarmte Daniel und sah ihn zärtlich an. Dann wandte er sich Hélène zu, seit Langem erzählt mir Dani von dir, ich bin Élie Frailich, zweifellos Danis erster Freund, ich kenne ihn seit seiner Geburt, das heißt einiges.

Sie setzten sich an einen kleinen Tisch, als wäre der Laden ein Wohnzimmer und als existierten die Flohmarktbesucher ein paar Meter von ihnen entfernt nicht. Élie hatte Kaffee in einer Thermoskanne und Mohnkuchen, den seine Frau gebacken hatte, iss, Hélène, iss.

Die beiden Freunde hatten eine merkwürdige Art, abwechselnd und gleichzeitig zu reden, ohne dass die eine Stimme die andere übertönte. Élie erzählte, wie sie sich als ganz kleine Kinder kennengelernt hatten, Daniel fuhr fort, zum Zeitpunkt seiner Geburt habe sein Vater im Fotoatelier Frailich in Belleville gearbeitet, bevor er sich in der Rue d'Odessa selbständig gemacht habe. Élie liebte Isaac Aschers Witze, du hast ein Bad genommen, nein, warum, es fehlt eins. Er war fünf Jahre älter als Dani und erinnerte sich sehr gut an den Tag, an dem er ihn zum ersten Mal gesehen hatte, zwei Wochen alt, was warst du *mies*, danke, alter Bruder, weißt du, Hélène, *mies* bedeutet hässlich auf Jiddisch, sie lachten und schlugen sich auf die Schulter, und dann lehnte sich Daniel auf seinem Stuhl zurück.

Élie griff hinter sich nach dem *Journal du Dimanche*, habt ihr gesehen, dieser kleine kubanische Flüchtling, sie haben ihn auf dem Meer gefunden, an eine Boje gebunden, er heißt Elian, fast wie ich, er sollte besser Moses heißen, er wurde aus dem Wasser gerettet. Moses ist mein zweiter Vorname, sagte Daniel, und Élie hat mir das Leben gerettet. Aber nein, protestierte Élie, wir haben uns gegenseitig gerettet, es war die große Flucht, aber du kennst die Geschichte sicher, Hélène.

Sie erzählten, wie sie aus dem Heim der UGIF entflohen waren, weißt du, die Union générale des israélites de France in der Rue Lamarck, das war 1942, Ende Juli. Élie war fünfzehn, Daniel zehn, sie hatten sich unter den jüdischen Kindern wiedergefunden, die von ihren Eltern getrennt worden und dorthin gekommen waren, sie hatten sich in diesem Heim gelangweilt, das Essen war schlecht, und vor allem Élie mochte es überhaupt nicht, eingesperrt und einer Polizeirazzia ausgeliefert zu sein. Er hatte recht, fuhr Daniel fort, diese Häuser waren Fallen, diejenigen, die dort blieben, wurden abgeholt. Die beiden Jungs hatten einen Ausflug genutzt, um zu fliehen, indem sie sich in einem Schuppen am Ende eines Hofs versteckt hatten, bis man aufgegeben hatte, nach ihnen zu suchen. In ihrem Versteck hatten sie mit Élies Taschenmesser den gelben Stern von ihren Jacken getrennt, wieso hatten ihre Mütter sie nur mit so vielen Stichen angenäht. Sie hatten natürlich all ihre Sachen im Heim lassen müssen, außer der Kleidung, die sie am Leib trugen, und ein oder zwei Schätzen in ihren Taschen.

Élie hatte Daniel bis zum Jardin du Luxembourg begleitet, anschließend hatte er den Weg gekannt. Weißt du, Hélène, er ist heldenhaft gewesen, ein echter *mensch*, mein Bruder Élie, für ihn wäre es einfacher gewesen, ohne mich zu fliehen, außerdem hatte ich richtig Schiss, ja, das stimmt, sagte Élie, das kann ich bestätigen, du hattest eine Scheißangst, aber trotzdem warst du schlauer als ich, sie haben dich nicht gefunden. Wieso schlau, ich habe einfach

Glück gehabt, in der Rue Vavin bin ich Colette Peyrelevade begegnet, die aus der Nummer 4 kam, sie war jung und schön, und ich schämte mich, weil man mich im Heim wegen der Läuse kahl geschoren hatte, und wollte über die Straße gehen, aber sie hat mich schnell eingeholt und ins Haus mitgenommen. Die Peyrelevades versteckten mich, bis sie jemanden fanden, der mich an einen sicheren Ort bringen würde, wie sie sagten. Ich verbrachte drei Wochen mit Lesen, sie liehen mir *Bayard*-Hefte und Romane aus der Reihe *Signe de Piste*, du, Élie, hast sie auch gelesen, erinnerst du dich, Prinz Éric bei den Pfadfindern, die geheimnisvollen Zahlen auf seinem Armband aus vergoldetem Silber, und das Lager, das Birkenwald hieß. Natürlich, natürlich erinnere ich mich.

Daniel begleitete Hélène zur Metro und verabschiedete sich dann von ihr. An der Station Château-Rouge bemerkte sie, dass sie die alte Lupe bei Élie vergessen hatte. Sie fuhr zurück, fand auch den Marché Vernaison wieder, verirrte sich allerdings im Labyrinth der Gassen, und als sie endlich zu der Bude kam, war es beinahe dunkel, und die meisten Metallgitter waren heruntergelassen. Das von Élie war es nur zur Hälfte, und im Innern brannte Licht. Sie beugte sich hinunter und sah ihn am Tisch unter einer starken Lampe vor einem teilweise auseinandergenommenen Gegenstand sitzen, er zuckte zusammen, als sie zweimal leise gegen das Gitter klopfte, ach, da bist du ja wieder. Sie suchten überall, ohne die Lupe zu finden.

Élie zeigte ihr, was er da reparierte, es war ein Vergrößerungsapparat, ein Leitz, ein Wunder an optischer Präzision, er ist schön, oder, er strich liebevoll über den Kopf aus schwarzem Metall. Hélène holte die Brieftasche aus ihrer Handtasche, er lächelte, ich habe das nicht gesagt, damit du ihn kaufst. Sie zog den kleinen Zettel, den sie hinter dem Bild in ihrem Zimmer gefunden hatte, aus dem Portemonnaie, sie hatte ihn noch niemandem gezeigt, hatte sich nicht getraut, Sie sprechen doch Hebräisch, natürlich, zeig mal her. Er faltete ihn auseinander und lachte, das ist kein Hebräisch, das ist Jiddisch, *Di gantse velt iz eyn shtot*, die ganze Welt ist eine Stadt, das ist ein Sprichwort, die Welt ist ein Dorf, die Welt ist klein, wo hast du diesen Gebetsriemen her.

Hélène steckte ihn in ihre Brieftasche zurück, Sie sagten, das sei ein Leitz, ja, mein Vater hatte auch so einen und Isaac Ascher auch. Dani liebte es, seinem Vater zuzuschauen, wenn er Fotoabzüge machte, ihr Labor befand sich unter der Wohnung, hinter dem Laden, man gelangte über eine Falltreppe hinein. Das rote Licht, die Gesichter, die im Entwicklerbad auftauchen, das faszinierte ihn. Ich hasste es, mein Vater ließ mich die gespülten Fotos auf einer Leine aufhängen, das Wasser tropfte in meine Ärmel, er fuhr mit der Hand über seinen linken Arm, und der hochgeschobene Ärmel entblößte so etwas wie ein Hämatom. Und jetzt, es ist schon komisch, lebe ich mittendrin und Dani nicht, er hat nicht den kleinsten Apparat. Sie sagte, das ist schade, wo er doch so viel reist. Nein, ich glaube, das hat mit der Razzia zu tun, an dem Tag war er im Labor, das weißt du ja. Nein, du weißt es nicht. An dem Tag, es war 1942, der 16. Juli, eine Nachbarin hat sie gewarnt, und Isaac konnte gerade noch ins Labor hinuntergehen, bevor die Polizei kam. Man glaubte, sie würden nur die Männer mitnehmen, nicht die Frauen und Kinder, deswegen dachte niemand daran, Dani auch zu verstecken, doch er liebte das Labor so sehr, dass er ihm folgte, und da es schnell gehen musste, schloss die Mutter die Falltür hinter ihm.

Sie setzen sich im Dunkeln ins Labor, der Vater hält Dani in seinen Armen, als wolle er ihn am Weglaufen hindern, sie hören Klopfen an der Tür, Schritte, Männerstimmen, nicht laut genug, um zu verstehen, was sie sagen, und dann plötzlich die Stimme seiner Schwester, sie spricht laut, schreit fast, wenn Sie meine Mutter mitnehmen, gehe ich auch mit. Der Vater lässt seinen Sohn los, er steht auf, doch dann setzt er sich wieder, überlegt es sich anders, Dani spürt Isaacs Herzschlag an seinem Rücken, er presst ihn immer stärker an sich und hält ihm den Mund zu, es ist das erste Mal in seinem Leben, dass er ihm wehtut. Während er erzählte, baute Élie, in gebeugter Haltung unter der Lampe, die Teile des Vergrößerungsapparats zusammen, und sein Haar leuchtete rötlich-weiß.

Lange sitzen sie so da, sehr lange. Schließlich lässt sein Vater ihn los, Dani fängt an zu weinen, warum hast du mir wehgetan, Isaac öffnet die Falltür, es ist schwierig, weil sie Kartons daraufgestellt haben, um sie zu verbergen, und sie steigen in die Wohnung hinauf. Papa, warum, warum hast du mir wehgetan. Sein Vater ist wie eine Statue, er antwortet nicht, er sagt, hör mal, nur diese zwei Worte, hör mal, und Dani schweigt, und plötzlich hört auch er es. Die Stille. Niemand mehr. Seine Schwester war siebzehn, sie war Französin. An dem Tag nahmen sie die französischen Juden nicht mit. Aus Prinzip. In ihren Papieren stand Ascher Annette, wir sagten Hana.

Noch am selben Tag brachte Isaac Daniel ins Heim der UGIF, anschließend wollte er aufs Kommissariat gehen und ihnen sagen, dass ein Irrtum vorliege, er versprach Dani, ihn am nächsten Tag wieder abzuholen, aber wenn du morgen wiederkommst, Papa, warum segnest du mich dann. Dort, in dem Heim in der Rue Lamarck, haben wir uns wiedergesehen. Die Kinder sprachen über einen Haufen Dinge, was sie gesehen hatten, was sie gehört hatten. Dani war einer der gesprächigsten. Die Laborgeschichte hat er mir erst Jahre später anvertraut, aber den Kindern im Heim erzählte er, dass er eine Schnur vor der Tür gespannt habe, damit die Polizisten hinfielen, dass er ihnen mit Federn die Sicht genommen habe, indem er ein Kissen aufgeschlitzt habe, dass er einen Stapel Kartons in den Flur habe stürzen lassen, um sie aufzuhalten, dass, dank ihm, seine ganze Familie aus einem Fenster habe springen und durch die Passage du Départ habe fliehen können und dass er bald wieder bei ihnen sein würde. Élie hatte den Vergrößerungsapparat wieder zusammengesetzt und polierte ihn mit einem weichen Lappen.

Nach unserer Flucht aus dem Heim ist Dani besser durchgekommen als ich, sie haben ihn nicht erwischt. Ich habe gekämpft, ich bin Risiken eingegangen. Aber ich hatte Glück im Unglück, denn ich wirkte älter, als ich war. Das hat mich gerettet. Ich würde nicht sagen, dass ich in Birkenau den Tod aus der Nähe gesehen habe. Ich war drin, siehst du, er schob den linken Ärmel hoch und entblößte seinen tätowierten Arm. Ich war im Inneren des Todes.

Er stellte den Vergrößerungsapparat in eine Vitrine und schloss sie ab. Auf der Vitrine fand Hélène die Plastiktüte, die die alte Lupe mit dem Horngriff enthielt.

XVII

EIN ABENDESSEN BEI ONKEL SAM

Guillaume schlief die meiste Zeit während des Flugs, gewiegt von den Vibrationen des Flugzeugs, sein Kopf neigte sich mal zum Bullauge, mal zu Hélène. Sie weckte ihn auf, als der Landeanflug begann, die aufgehende Sonne traf die Wolkenkratzer von Manhattan fast waagerecht.

Diese aufrechte, so neue, fast geschichtslose Stadt war ein merkwürdiger Ort für Archäologen. Während der ersten beiden Tage liefen sie viel in New York herum, amüsierten sich darüber, dass die Zeichnung der Pflastersteine dem Plan der Stadt ähnele. Sie erkannten Bilder wieder, die sie im Kino gesehen hatten, eine Frau im Central Park, die zehn Hunde an der Leine Gassi führte, einen Geschäftsmann, der an seinen Aktenkoffer gefesselt war, sie kauften einen Bleistift von einem Blinden, der ein Schild um den Hals trug, *Please buy a pencil*, Guillaume erinnerte er an den Bettlerphilosophen, dem Ashley-Mill in *Treffen in Soweto* begegnet.

Am zweiten Abend rief sie Sam Seligman an und schlug

ihm vor, am nächsten Tag gegen Abend in seine Praxis zu kommen. Das große Wartezimmer mit Marmorboden und Lesesesseln war um diese Zeit leer, Sam kam in einem blauen Kittel mit einem Lächeln, das seine perfekten Zähne zeigte, es tue ihm leid, ein Notfallpatient, er könne sie nicht empfangen. Er ähnelte kaum seinem Cousin Daniel, er war größer und vor allem kräftiger, doch seine, vermutlich gefärbten, Haare hatten die gleiche Welle auf der Stirn. Er schlug ihnen vor, am übernächsten Tag zum Abendessen zu ihm zu kommen, die Sekretärin würde ihnen die Adresse geben. Hélène war enttäuscht, sie hatte einen herzlicheren Empfang erwartet, als sie mit dem Lift hinunterfuhren, las sie die Karte, *Your next appointment is*, auf welche die Sekretärin Adresse und Datum geschrieben hatte, *Thursday, April 20, 7 p.m.*, sie hatte ebenso viel Lust hinzugehen wie zu einem Zahnarzttermin.

Sie hatte nicht begriffen, dass Sam Seligman sie zu einem Familienessen eingeladen hatte, er hatte das Wort *passover* benutzt, doch sie wusste nicht, dass das die englische Bezeichnung für das jüdische Osterfest ist. Anwesend waren Sam, seine Frau Libby, die viel jünger war als er, ihre jugendliche Tochter und Sams Tochter aus erster Ehe. Sie waren alle festlich gekleidet, Sam trug Krawatte und Anzug, mit dem Kittel hatte er auch seine professionelle Steifheit abgelegt. Guillaume fragte ihn sehr bald schon, *may I call you Uncle Sam*, worüber er sehr lachte, und sie gingen beide ins Esszimmer.

Als sie zu ihnen kam, trug Guillaume eine Kippa aus

weißem Satin auf dem Kopf, und Libby bat ihre Tochter, Bobe Bescheid zu sagen, dass alle da seien, Hélène glaubte, sie spreche von einem jungen Mann. Nach ein paar Minuten kam das junge Mädchen zurück und hielt die Tür auf, während eine Krankenpflegerin eine alte Dame mit sorgfältig in Locken gelegtem weißem Haar in einem indigoblauen Kostüm in einem Rollstuhl hereinschob, die roten Lippen und stark geschminkten Wangen ließen sie wie eine alte Farbfotografie aussehen. Hélène begriff nicht sofort, dass es sich um Tante Mala handelte. Sie hatte sie sich in Trauerfarben gekleidet vorgestellt, wie aus längst vergangener Zeit aufgetaucht, nur ihre Augen entsprachen ihrer Vorstellung, ein helleres Blau als bei Daniel, Wasserblau.

Mala schaute Guillaume und Hélène lange an, selbst noch, nachdem Sam sie vorgestellt hatte, meine Mutter, wir nennen sie Bobe, das heißt Großmutter auf Jiddisch, Julia, die von den Philippinen kommt und sich um sie kümmert. Julia schob den Rollstuhl von Mrs Seligman zum Tisch und setzte sich zu ihrer Rechten, und die alte Frau ließ Hélène nicht aus den Augen. Daniel hatte gesagt, geh ja nicht zu ihr, sie wird nicht wissen, wer du bist, dabei schien sie es ganz genau zu wissen.

Sam waltete als Patriarch am anderen Ende des Tisches seines Amtes, neben einer geöffneten Bibel, einer silbernen Wasserkanne und einem runden Teller, auf dem merkwürdige Nahrungsmittel lagen. Hélène beobachtete, wie Sams jüngere Tochter die Kanne nahm und Wasser über die Hände ihres Vaters goss, und fühlte sich durch sehr viel mehr als nur einen Ozean von zu Hause getrennt. Sie hatte die Rituale der Juden immer mit einer Welt aus alten vergrabenen oder verschwundenen Steinen in Verbindung gebracht, und hier vollzog eine amerikanische Jugendliche mit Zahnspange ganz selbstverständlich altüberlieferte Gesten.

Weil sie die Jüngste war, war das junge Mädchen damit beauftragt worden, die rituelle Frage zu stellen, warum unterscheidet sich diese Nacht von allen anderen Nächten, und ihr Vater antwortete mit dem Bericht des Exils, der Plagen Ägyptens, der Durchquerung des Roten Meeres, den er auf Englisch vorlas. Hélène spürte, wie das unangenehme Gefühl, in eine Familienfeier geplatzt zu sein, auf der sie nichts zu suchen hatte, allmählich verschwand. Sam zählte die Wohltaten des Herrn auf, worauf jeder der Gäste *Dayenu, Es wäre genug gewesen* skandieren musste. Hélène hatte zunächst nur geflüstert, aus Furcht, lächerlich zu wirken, doch nach und nach wurde ihre Stimme kräftiger und verschmolz mit denen der anderen. Julia sang lauter, als wollte sie die Hälfte ihrer Stimme Mrs Seligman leihen. Die alte Frau nickte im Rhythmus, den Blick mit seligem Lächeln auf ihren Sohn gerichtet.

Sie teilten sich die Wurzeln, die bitteren Kräuter, das Wasser, das salzig wie Tränen war, und weitere Speisen, die an die Leiden der versklavten Juden und ihre Flucht aus Ägypten erinnerten. Am Ende der Gebete antworteten alle

Amen, und Hélène fühlte sich an die vertraute Liturgie erinnert.

Als Sam sein Glas hob, änderte er plötzlich seinen Ton, und an der Art, wie alle die Köpfe zu ihm drehten, erkannte Hélène, dass er das unveränderliche Ritual durchbrach. Er erzählte von seinem Cousin Daniel, der seit 1950 nicht mehr nach New York gekommen war, ich wünschte so sehr, er wäre heute Nacht hier bei uns. Hélène stellte sich Onkel Daniel unter ihnen vor, zur Rechten von Libby beispielsweise, mit unordentlicher Frisur und schiefem Kragen. Sie sah jetzt die Ähnlichkeit zwischen den beiden Cousins. Wenn Sam nicht lächelte, hatte er die gleichen Lippen wie Daniel, die obere schmal und fast gerade, die untere fleischiger, kindlicher. Sie betrachtete Mala, konnte jedoch nicht erkennen, ob sie unter dem Lippenstift, der immer mehr verschwand, während Julia sie mit Bouillon fütterte und ihre Lippen mit der Serviette abwischte, ebenfalls die gleiche Mundpartie hatte. Julia flüsterte ihr etwas ins Ohr, die alte Frau öffnete die Augen und nickte sehr langsam. Sam fuhr fort, Dani und ich, wir hätten zusammen aufwachsen können wie Brüder, meine Eltern wären seine Eltern gewesen, wir wären alle so glücklich gewesen, doch es ist anders gekommen. Niemand außer Hélène schien zu bemerken, dass die alte Frau Julias Handgelenk ergriffen hatte und es mit erstaunlicher Kraft drückte. Ziemlich lange verharrte sie so mit geschlossenen Augen.

Als sie sich verabschiedeten, zog Julia Hélène am Arm,

kommen Sie morgen um zwei Uhr, Appartement 412, selbe Etage, und kommen Sie allein. Sie fragte sich, ob Julia sie aus eigenem Antrieb eingeladen oder ob Mala es ihr mit irgendeinem verborgenen Zeichen befohlen hatte.

XVIII

MALAS GEHEIME KARTE

Mala Seligman saß hinten im Wohnzimmer am Fenster, ihr Haar war weniger sorgfältig frisiert als am Abend zuvor, und ihr Gesicht wirkte verletzlicher. Sie richtete sich etwas auf, als sie Hélène hereinkommen hörte, und sah sie lange an, ohne zu lächeln, betrachtete eingehend ihr Gesicht und musterte sie dann von Kopf bis Fuß. Einen Augenblick lang drehte sie sich zum Fenster, dann wandte sie sich wieder ihr zu und nickte ganz langsam, um ihr zu bedeuten, dass sie sie erkannt hatte, und sie vielleicht aufzufordern, sich zu setzen.

Julia wies auf das Sofa gegenüber der alten Dame und servierte drei Tassen dieses schwachen amerikanischen Kaffees, den Hélène so mochte. Mala hatte die mageren, sehr weißen Hände mit den tiefroten Nägeln gefaltet, an einem Finger sah man die Schwiele, die Daniel erwähnt hatte. Ein Stapel Fotoalben befand sich neben ihr, Julia erklärte, dass sie Stunden damit verbracht hatten, sie gemeinsam durchzusehen, und dabei dieses oder jenes Detail entdeckt hatten, das bis jetzt niemand bemerkt hatte, einen Zug in der Ferne, den gestreiften Stoff eines Kleidungsstücks, einen Schornstein auf einem Dach. Hélène war überrascht, dass Julia vor der alten Frau in ihrer Gegenwart darüber sprach, doch Mala nickte zustimmend. Sie deutete mit dem Finger auf das untere Ende des Stapels, Julia zog ein Album heraus, das abgenutzter als die anderen war, und setzte sich neben Hélène, es waren alte Fotos, sie erzählte die Geschichte, als wäre es ihre eigene. Das Städtchen hieß Kamieńsk, sehen Sie, da, das ist das Haus des Vaters von Mrs Seligman, er war Uhrmacher. Hier, das ist sie mit ihrer Schwester, sie wurden im selben Jahr geboren, Rywka im Januar, Mala im Dezember, man hielt sie für Zwillinge, ihre eigenen Eltern verwechselten sie manchmal, sie machten sich einen Spaß daraus, sich für die jeweils andere auszugeben. Ihre Mutter ließ stets die gleichen Kleider für sie nähen, das sieht man auf den Fotos nicht, aber die hier waren rosa, der Stoff war auf dem Markt von Manila, Entschuldigung, von Radomsko, gekauft worden, Julia lachte, ich komme ganz durcheinander mit meinen eigenen Erinnerungen. Die anderen bemerkten nur ihre Ähnlichkeit, aber sie selbst interessierten sich für die Unterschiede, Rywka war etwas größer, einen Fingerbreit, und Mala hatte einen Schönheitsfleck unter dem linken Auge. Hier ist Rywka mit ihrem Mann und ihrer kleinen Hana unmittelbar vor ihrer Abreise nach Frankreich. Hier die Eltern von Mrs Seligman, das ist das letzte Foto, das sie von ihnen erhalten hat, ihr Vater, der Uhrmacher, ließ sich immer mit einer Uhr in der Hand fotografieren, die Mutter hält sich ganz gerade und lächelt, damit die Kinder, damit ihre Kinder in der Ferne sich keine Sorgen machen. Hier der kleine Sammy im Central Park, er deutet auf ein Flugzeug, *wasn't he cute*, die alte Mala nickte zustimmend in ihrem Rollstuhl.

Julia blätterte weiter die Seiten um, Rywkas Mann war Fotograf, er schickte viele Fotos aus Paris. Auf ihnen war Daniel zu sehen, fast immer auf den Knien von jemandem, auf dem Arm, geküsst, er war ein schönes Kind mit der Locke, die ihm in die Stirn fiel, vielleicht hatte Tante Paule das mit verwöhnt gemeint. Das letzte Bild zeigte sie alle vier am Tag von Daniels zehntem Geburtstag, der 2. Juni 1942, das stand am Rand, er hielt ein Buch, das so klein war, dass seine Hand den Umschlag fast ganz verdeckte. Julia senkte die Stimme, *the father, mother and daughter were murdered by the Germans*, sie blätterte sehr schnell um, die alte Dame blickte erneut aus dem Fenster.

Sie aßen sehr krümelige Kekse, ohne Mehl und Hefe gebacken für das jüdische Osterfest, erklärte Julia. Mala streckte eine Hand nach dem Buffet aus, Julia holte eine alte rot-weiße Konservendose hinter Stapeln von Tellern hervor, *Carnation Powdered Milk*, und öffnete sie, doch Mala kam mit ihren deformierten Händen nicht hinein. Julia holte eine Taschenuhr aus angelaufenem Silber heraus, es war diejenige, die Malas Vater ihr zur Hochzeit geschenkt hatte, die Zeiger zeigten für immer zehn Minuten nach Mittag oder Mitternacht an. Er hatte die gleiche jedem seiner Kinder geschenkt, Gott allein weiß, wo die anderen sind. Julia nahm einen Zeitungsausschnitt aus der Dose, es war eine halbe Seite aus dem *New Jersey Herald* vom 16. Juli 1962, darauf ein Foto einer Gruppe Kinder, die an einem *Soap Bubble Contest* teilnahmen, riesige Seifenblasen flogen über ihnen. Ein mit blauem Kugelschreiber gezeichneter Kreis umgab eine Frau, die im Hintergrund allein auf einem Balkon stand und sich vorbeugte, sodass man ihre Augen nicht sehen konnte. Mala deutete auf sie, sie artikulierte eine Art gerolltes *r*, Rywka, fragte Julia, sie nickte, aber Rywka war 1962 schon lange tot, und Mala zuckte die Achseln, als wollte sie sagen, was weiß ich. Und es stimmte, diese Frau auf dem Balkon ähnelte Rywka, Rywka, die nicht gealtert war. Julia nahm eine Hand der alten Frau zwischen ihre und hielt sie lange fest, Mala wirkte erschöpft, sie schloss die Augen und schien einzuschlafen.

Julia suchte rasch etwas auf dem Boden der Dose und löste etwas von der Wand. Es war ein Luftpostumschlag adressiert an *Mr Daniel Ascher*, seit Jahren befand er sich dort. An dem Tag, an dem Julia angeboten hatte, ihn zur Post zu bringen, hatte Mala, die damals noch sprechen konnte, gedroht, sie vor die Tür zu setzen. Der Umschlag war nicht zugeklebt, ein zweites vergilbtes Kuvert darin enthielt eine Karte, die Julia Hélène reichte. Auf der Vorderseite, unter einer Briefmarke mit dem Porträt von Maréchal Pétain und einem Stempel *Bureau de la censure,* standen zwei Adressen, links *Mme R. Ascher, camp de Drancy* und rechts *Mme Le Guillou, 16, Rue d'Odessa, Paris XIVe*. Auf der Rückseite befanden sich ein paar Zeilen in einer geneigten Handschrift mit großen, energischen Buchstaben, ich nehme an, sie waren gezwungen, Französisch zu schreiben, sagte Julia, aber ich habe fast alles verstanden.

27. Juli 42,

Chère Madame, meine Mutter und ich sind in Drancy, bald werden wir zu einem unbekannten Bestimmungsort aufbrechen. Wir haben erfahren, dass auch mein Vater verhaftet worden ist, aber er ist nicht bei uns. Meine Mutter bittet Sie, diese Karte an ihre Schwester weiterzuleiten: Mme Seligman, 3139 Coney Island Avenue – Brooklyn – New York – USA. Chère Madame, wir danken Ihnen von ganzem Herzen für Ihre Hilfe. Wir werden Ihnen wieder schreiben, sobald es möglich ist. Annette Ascher. Darunter in einer anderen, relativ unverbundenen Schrift drei Zeilen, in denen jedes Wort buchstabiert wirkte, *Mala, meine Schwester, kümmere Dich um Daniel, als wäre er Dein Sohn. Ich übergebe ihn in Deine Hände. Vergiss uns nicht. Deine Rywka.*

Der Poststempel auf dem vergilbten Umschlag über der New Yorker Adresse, welche die Nachbarin daraufgeschrieben hatte, trug das Datum 9. September 1945. Madame Le Guillou hätte die Karte nach der Befreiung abschicken können, doch sie hatte sie noch ein Jahr in einer Schublade aufbewahrt. Hatte die Nachbarin die Aschers vor der Razzia gewarnt oder die Frau des Tapezierers, der den Laden übernommen hatte, vielleicht beide.

Plötzlich ließ sie das Geräusch von zerbrechendem Porzellan zusammenzucken. Julia eilte zu Mala, um ihren

Arm festzuhalten, bevor sie erneut ihre Tasse gegen den Tisch schlagen konnte. Die alte Frau hatte eine erstaunliche Kraft. Julia konnte kaum ihre Hand festhalten, während sie die Schläge abwehrte, die Mala ihr mit der anderen versetzte. *Come on*, Julia versuchte darüber zu lachen, das überkomme sie manchmal, bisweilen würde sie sich sogar selbst verletzen, *stop that, please*, ich räume alles weg, wenn Sie die Tasse loslassen. Die alte Frau ließ den zerbrochenen Henkel fallen, den sie immer noch in der Hand hielt, sie keuchte und starrte Julia wütend an, während diese die Karte und die Umschläge wieder in die Dose tat und alles im Buffet einschloss. Erst als sie den Schlüssel in der Hand hielt, die etwas blutete, lehnte sich Mala wieder in ihrem Rollstuhl zurück, saß reglos da und starrte auf den dunklen Bildschirm des Fernsehers. Zwischen den geröteten Lidern wirkte das Blau ihrer Augen noch heller. Sie drehte nicht einmal den Kopf, als Hélène näher kam, um sich zu verabschieden, nah genug, um unter ihrem linken Auge einen Schönheitsfleck zu bemerken, der wie eine Träne aussah.

XIX

IN DER BREDOUILLE

Sam begleitete Hélène und Guillaume am übernächsten Tag zum Flughafen, es war ein Sonntag und noch früh, Hélène saß hinten in dem Range Rover und konnte Sams Augen im Rückspiegel sehen. Er sprach wieder von Daniel, wir haben den Krieg verbracht wie die beiden Teile des *afikoman*, der Ostermatze, von der man eine Hälfte versteckt, um sie später wieder zusammenzufügen. Als sie sich 1950 zum ersten Mal getroffen hätten, sei es wie ein Wiedersehen gewesen, Dan sei der Bruder gewesen, den er sich immer gewünscht habe, Sam habe sich ihm anvertraut, abends seien sie mit Freunden ausgegangen, Sam habe ihm Mädchen vorgestellt, hübsche jüdische Mädchen aus Little Odessa, aber Dan sei schüchtern gewesen oder er habe eine Geliebte in Frankreich zurückgelassen, *a sweethart*, auch wenn er nie darüber gesprochen habe.

Wenn es jedoch ums Trinken gegangen sei, habe er nicht gezögert, am Ende des Abends sei er immer sturzbetrunken gewesen, und dann habe er die merkwürdigsten Dinge gesagt oder getan, *the funniest things*. Einmal habe er lauthals mitten auf einer Straße gesungen, ein andermal habe er einen Barkeeper beschimpft, der ihm nichts habe geben wollen, weil er minderjährig gewesen sei, und wieder ein anderes Mal hätten sie ihn zu dritt davon abhalten müssen, sich in die Bucht zu stürzen, er habe so laut gebrüllt, dass er beinahe verhaftet worden wäre. Sam lachte, während er dies erzählte. In einer anderen Nacht, ich erinnere mich, es war sein Geburtstag, der 2. Juni, mussten wir ihn nach Hause bringen, an dem Abend habe ich begriffen, dass er Heimweh hatte und bereit war, sich alles Mögliche auszudenken, um nach Frankreich zurückzukehren. Er sagte, lasst mich, *let me go*, ich muss unbedingt zurück, sie erwartet ein Kind, und ich bin der Vater, ich bin achtzehn, ich kann sie jetzt heiraten. Ich brachte ihn zum Schweigen und ins Bett, aber er redete weiter, sie haben mich weggejagt, ich sei undankbar, ein schlechter Sohn, sie haben mich nach New York geschickt, ich muss zurück. Er weinte wie ein Kind, ich hatte Angst, dass er meine Eltern aufweckte, ich tröstete ihn, so gut ich konnte, hör auf, Unsinn zu reden, Dan, du bist nach New York gekommen, weil es seit Langem geplant war, du weißt es sehr gut, du hattest es meiner Mutter versprochen. Und am nächsten Morgen erinnerte er sich wie üblich an nichts, es war wirklich komisch. Sams Augen suchten Hélène im Rückspiegel, vermutlich, um zu sehen, ob sie auch lachte, und sein Blick erstarrte. Er zeigte ihnen von der Brooklyn Bridge aus die Silhouette der Stadt hinter ihnen, *look at this, New York skyline*, das ist Amerika, wenn Sie wiederkommen, wird es neue Wolkenkratzer geben, noch höher, hier ist alles möglich.

Im Flugzeug hätte Hélène gern geschlafen, doch das, was Sam erzählt hatte, ging ihr im Kopf herum. Natürlich, man konnte darin die Geschichte eines Jugendlichen in den Ferien sehen, einen Abend im Rausch und dahingesagte Worte, einen Vorwand, um nach Frankreich zurückzukehren, aber vielleicht steckte doch etwas anderes dahinter. Und wenn Daniel keinen Unsinn geredet hatte, wenn der Rausch nur seine Zunge gelöst hatte, wenn diese Vaterschaftsgeschichte wahr wäre. Diejenige, die ein Kind von ihm erwartet hatte, war vielleicht aus Clermont, Daniel war damals Internatsschüler im Lycée gewesen, doch von Zeit zu Zeit hatte er es verlassen, oder ein Mädchen aus Saint-Ferréol.

Er hatte seiner Tante versprochen, mit achtzehn zu ihr zu kommen. Aber er hatte seinen Geburtstag nicht abgewartet, er war im April gereist, ohne das Abitur zu machen. Vielleicht wegen dieser Kindsgeschichte. Nicht um zu fliehen, sondern weil man ihn gezwungen hatte, weil er aus Saint-Ferréol, aus der Familie Roche verjagt worden war. Möglicherweise hatte Joseph, ihr Urgroßvater, ihn zum Schiff begleitet und gewartet, bis es den Hafen verließ und am Horizont immer kleiner wurde, um sicherzugehen, dass Daniel nicht wieder von Bord ging. Er hatte ins Exil gehen, von der Bildfläche verschwinden müssen. Auf sein Kind verzichten. Er war selbst noch fast eins gewesen. Er hätte wenigstens bis zur Hochzeit seiner Schwester mit Maurice im Juni bleiben können. Hélène erinnerte sich, dass Suzanne damals im vierten Monat schwanger gewesen war. Schwanger mit Alain, Hélènes Vater.

Das Flugzeug änderte seinen Kurs so abrupt in Richtung des dunkelblauen Ozeans, dass den Reisenden schwindlig wurde und sie aufschrien und Guillaume in seinem Schlaf zusammenzuckte. Hélène reagierte nicht.

Sie dachte an das am Strand von Arcachon aufgenommene Foto, das sie von ihrer Großmutter mitgenommen hatte. Es zeigte Maurice, der gleichzeitig seine beiden Söhne Alain und Thierry umarmte. Die Liebe zwischen Vater und älterem Sohn übertrug sich über den Männerarm auf die Kinderschultern. Die Liebe war sichtbar, greifbar in beide Richtungen.

Auch Suzanne war auf dem Foto, sie saß neben ihnen. Sie wandte sich nicht dem Fotografen zu, sondern ihrem Mann und den beiden Jungs, sie betrachtete sie zärtlich, aber auch ein wenig besorgt, als wäre dieses Gleichgewicht zwischen den Armen des Vaters gefährdet, als brauchte es nur wenig, um es kippen zu lassen. Aber vielleicht interpretierte Hélène das auch nur hinein, der liebende Blick einer Mutter ist immer ein bisschen besorgt. Das musste nichts bedeuten.

Da war auch noch die Feindseligkeit ihres Großvaters Daniel gegenüber, die schlechte Laune, die ihn in seiner Gegenwart stets überkam und die so normal war, dass man gar nicht mehr darauf achtete. Es war kein Hass, aber sie konnten nicht im selben Zimmer sein, alles an seinem Schwager brachte Maurice auf die Palme, seine Kindereien, seine Faxen, sein bekloptes Benehmen, wie er sagte. Aber auch das musste nichts bedeuten.

Hélène versuchte, sich an Details zu erinnern, die Worte und Gesten, die wenigen Kindheitserinnerungen ihres Vaters, die ihr erzählt worden waren. Bei seiner Geburt, hatte Suzanne lachend erzählt, es war ein 3. November, hatte Maurice einen Strauß Chrysanthemen ins Krankenhaus mitgebracht, der Arme hatte keine Ahnung von der Sprache der Blumen. Es hatte ungeschickte Äußerungen über Alain gegeben. Er war ein schwieriges Kind geworden, man verglich ihn immer mit seinem kleinen Bruder, der braver, gehorsamer war und mit acht Jahren bereits größer als er. Es hieß häufig, Thierry sei das Ebenbild seines Vaters mit seiner Größe und den breiten Schultern und Alain ähnele mit den mandelförmigen Augen seiner Mutter, doch das hört ein Junge nicht gern. Aber Ähnlichkeit, sagte sich Hélène, will nicht viel heißen, der Vater ist der, der in der Nacht aufsteht, wenn man Angst hat, der das verlorene Puzzleteilchen findet, der einem ordentlich den Kopf wäscht. Der da ist. Alains Vater war Maurice.

Daniel hatte dennoch immer schon Alain vorgezogen und eine Nachsicht walten lassen, die er Thierry gegenüber nicht hatte. Hélène dachte an all die Geschenke, die er ihren Eltern gemacht hatte und immer noch machte, für das Haus, für Hélènes Studium und das ihres Bruders.

Und doch war Maurice ihr Großvater. Wie hätten ihre

Großeltern und Eltern sie all diese Jahre belügen können, sie, die ihr beigebracht hatten, stets die Wahrheit zu sagen. Sie wollte es lieber nicht wissen und zog es vor, Suzanne diese undenkbare Frage nicht zu stellen, ist Maurice der Vater deines Sohns, auch Daniel nicht und ihrem Vater schon gar nicht. Darauf zu warten, dass der eine oder andere es auf seinem Totenbett mit gebrochener Stimme zugeben würde, war lächerlich.

Ihr Großvater war Maurice Chambon. Ihre Vorfahren waren Chambons und Roches, Leute aus der Auvergne, deren Namen, Daten, Geburts- und Todesorte man kannte, deren Häuser und Friedhofsgräber man gesehen hatte. Sie würde sie nicht durch Vorfahren ersetzen, von denen sie nichts wusste, Entwurzelte, wer weiß wo in der Welt verstreut, eine Familie aus Phantomen, ein Nomadenstamm, wahrgenommen durch den Nebel, jenseits eines Flusses. Sie hatte nichts mit ihnen zu tun. Andernfalls wäre alles sinnlos. Wer wären die Großeltern ihres Vaters, und sie, woher käme sie. Nein, sie hieß Hélène Chambon. Nicht Hélène Ascher.

Das Flugzeug flog jetzt über den Wolken, der Ozean war verschwunden. Vielleicht ist es das, erwachsen werden, aus den Wolken auftauchen, das gesegnete Halbdunkel der Kindheit verlassen, in die blendende Helligkeit einer Wahrheit treten, die man nicht erfahren wollte. Und sie, die nie Höhenangst gehabt hatte, spürte zum ersten Mal die dreißigtausend Fuß Leere unter sich.

Dritter Teil

April – Juli 2000

XX

DIE LUPE MIT DEM HORNGRIFF

Als Hélène aus New York zurückkam, war Daniel nicht zu Hause, er war erneut unterwegs. Es überraschte sie, dass er abgereist war, ohne ihr Bescheid zu sagen, ja sogar, ohne eine Nachricht zu hinterlassen, nachdem er im Dezember seine Reise nach Mauretanien angekündigt hatte. Die Concierge hatte ihn in den letzten Tagen nicht gesehen, normalerweise kam er, wenn er aufbrach, immer mit seinem Koffer vorbei, um sich zu verabschieden und sie zu bitten, seine Post aufzubewahren, doch diesmal hatte er es nicht getan. Die Peyrelevades wüssten vielleicht mehr, sagte Hélène, nein, Madame Almeida sah keinen Grund, warum er ihnen und nicht ihr Bescheid gesagt haben sollte. Hélène wusste, dass man sich um Daniel keine Sorgen machen musste, er war volljährig, er war niemandem Rechenschaft schuldig. Im Übrigen war sie, wie bei ihrer Ankunft in Paris im September, aber aus anderen Gründen, über seine Abwesenheit nicht verstimmt, im Gegenteil, sie hatte Angst, ihn wiederzusehen.

Zum Glück musste sie eine dringende Arbeit im Institut abgeben, deren Ausarbeitung sie voll und ganz in Anspruch nahm. Als Thema für ihre Examensarbeit hatte sie das Mosaik in Germigny-des-Prés gewählt, das sie seit ihrer Kindheit kannte. Ihr Vater hatte es ihr gezeigt, er liebte diese kleine romanische Kirche, weiß und rund wie ein Gotteshaus im Süden, das aus Versehen in ein Dorf am Ufer der Loire versetzt worden war, und sie hatten gemeinsam viel Zeit damit verbracht, das Mosaik des Halbkuppelgewölbes zu betrachten, er gebückt, um sich auf ihre Höhe zu begeben und sie auf die Details aufmerksam zu machen. Als kleines Mädchen hatte sie sich in die beiden so vollkommen androgynen Erzengel verliebt, deren Flügel sich zärtlich berührten.

Sie holte die Fotos hervor, die sie in Germigny gemacht hatte, und befestigte sie mit Klebeband an den Wänden ihres Zimmers, vor ihrem Schreibtisch und um ihr Bett herum. Sie lebte in dem Mosaik, wohnte darin, kannte jedes Detail in- und auswendig – die leere Bundeslade, die Cherubim, die im Zentrum flatterten, die von den Stigmata gezeichnete Hand des Heilands, die aus einem düsteren Regenbogen herauskam –, sodass sie es mit geschlossenen Augen hätte zeichnen können. Die symmetrischen Erzengel glichen sich wie Brüder, doch wenn man sie aus der Nähe betrachtete, dann bildeten auf dem Heiligenschein des linken vier Zeichen ein Kreuz, er war der christliche Erzengel, und der andere trug einen einfachen Heiligenschein, er war der jüdische Erzengel. Und sie dachte an

Daniel. Die Bundeslade, welche die Gesetzestafeln enthalten hatte, erinnerte sie an Moses, Élie Frailich, ihre Flucht und erneut an Daniel. Fast jede Nacht träumte sie von dem Mosaik, sie sah sich, wie sie die einzelnen Steinchen aufsammelte, die auf den Boden der Apsis gefallen waren, um sie wie ein Puzzle zusammenzufügen, oder wie sie in der Bundeslade den Schrumpfkopf eines Jivaro-Indianers entdeckte, aus dessen aufgetrenntem Mund Gebete auf Hebräisch erklangen.

Ihre wenigen Ruhepausen verbrachte sie damit, Romane der Reihe *Das schwarze Zeichen* zu lesen, doch auch hier fand sie in jedem Band Daniels Geschichte wieder. In *Die Diamanten von Madagaskar* waren es in einer Mine versteckte Kinder, in *Die blutigen Teppiche von Lahore* war es ein kleiner Sklave, einziger Überlebender eines Massakers, in *Die Hütte von Tante Lucie* ein Waisenmädchen aus Haiti, hin und her gerissen zwischen ihren beiden Familien, in *Die Drei Tiger der Taiga* ein alter Mongole, der umherzieht, um seine Frau und seine Kinder zu vergessen, die verschwunden sind.

Es machte ihr immer mehr Spaß, diese Romane zu lesen. Ohne den Fäden der Handlung, den Klischees auf den Leim zu gehen, ließ sie sich in die Geschichte hineinziehen. Doch wenn sie mit Guillaume darüber sprach, teilte sie nicht immer seine kindliche Begeisterung. Sie kritisierte den ewigen Triumph des großherzigen und guten Weißen, der die Bedürftigen der ganzen Welt rettete. Guillaume protestierte, erhob die Stimme, ließ seinen Adamsapfel hervortreten, aber nein, in Sanders Büchern seien die Opfer niemals passiv und wehrlos, im Gegenteil, sie würden die Initiative ergreifen, oft würden sie Peter zu Hilfe eilen, wenn er selbst in Gefahr sei. Schau dir die Frauen an, vor allem die jungen Mädchen, sie sind angriffslustig, wagemutig wie die junge Rom in *Auf dem Weg nach Transsylvanien*, die kleine Dienstmagd in *Seelenverkäufer von Bangkok* oder die Jugendliche in *Die schwarze Kobra von Borneo*, die den niederträchtigen Kopfjäger demaskiert. Er gab noch mehr Beispiele, zitierte den Text, sprach als Fachmann. Hélène, der die Argumente ausgingen, führte *Die Krieger von Mururoa* an, in der die drei Frauen der Mannschaft nur Hilfspersonal seien. Sie wurden laut und stritten sich, als hätten sie nicht dieselben Bücher gelesen.

Drei Wochen nach ihrer Rückkehr aus Amerika erhielt Hélène eine Postkarte. Es war eine Ansicht von Odessa, der Hof eines verfallenen weißen Hauses und seine gewölbte Toreinfahrt, mit einer ins Englische übersetzen Bildunterschrift, *Moldavanka, old Jewish quarter*, und auf der Rückseite ein paar Worte, *Nächstes Jahr in der Rue d'Odessa! Ich umarme dich, Daniel.* Er war also in der Ukraine, am Schwarzen Meer in der Stadt, die der Straße seiner Kindheit ihren Namen gegeben hatte. Die Karte beruhigte sie, doch sie war Daniel ein wenig böse, dass er einfach verschwunden war, ohne etwas zu sagen, in seinem Alter, wie ein Jugendlicher, der ausreißt. Die Briefmarke jedenfalls war wunderschön, ein großes Schiff mit quadratischen Segeln, sie legte die Postkarte auf ihr Regal, um sie Guillaume zu zeigen, der sich auch für die Philatelie interessierte.

Er betrachtete die Briefmarke lange mit der Lupe, derjenigen, die Daniel Hélène geschenkt hatte. Vor allem der Stempel interessierte ihn *ОДЕССА, УКРАЇНА*, manche Buchstaben waren schlecht gedruckt, und die Tinte war nicht überall dieselbe. Er stieß so etwas wie einen Triumphschrei aus, der Stempel war gefälscht. Hélène nahm ihrerseits die Lupe, vielleicht entwerteten die ukrainischen Postbeamten die Briefmarken mit der Hand. Guillaume lächelte, was redest du da, das hat Sanders gemacht. Sie sah nicht ein, warum er sich solche Mühe wegen des Preises einer Briefmarke geben sollte. Aber nein, er wird sie selbst in deinen Briefkasten gesteckt haben, vielleicht ist er gar nicht in der Ukraine, sondern ganz woanders, oder er ist einfach in Paris geblieben, an den Quais findet man neue Postkarten aus der ganzen Welt und alle möglichen Briefmarken. Hélène dachte sofort an den Marché Vernaison. Sie fühlte sich ertappt, als hätte sie Guillaume betrogen, als wäre Sanders, der Globetrotter-Schriftsteller, nicht ihr Großonkel. Dabei hatte sie nichts erfunden, Daniel hatte sein halbes Leben damit verbracht, die Welt zu bereisen, sie hatte Beweise, all die Geschenke, die er ihr mitgebracht hatte, gleichsam die Kieselsteine des kleinen Däumlings.

Guillaume fand die List dagegen genial, er schlug sich mit der Faust in die Hand und tanzte im Zimmer umher, ebenso lächerlich wie die verrückten Wissenschaftler in *Der geheimnisvolle Stern*, die Tim den Weltuntergang ankündigen. Er war wirklich ein Kind. Für ihn war dieser falsche Stempel nichts anderes als ein Hinweis bei einer Schnitzeljagd. Es erinnerte ihn an *Der Ruf Gibraltars*, ein Roman, den Hélène noch nicht gelesen hatte und der in Tanger spielte, wo Peter Ismail Seff begegnet, der falsche Papiere für Emigranten herstellt. Guillaume liebte den ersten Satz: *Nennen Sie mich Ismail.* Er blätterte in dem Buch, um die Passage zu finden. *Ismail Seffs Papiere waren perfekt, doch manchmal machte er sich einen Spaß daraus, Hinweise hineinzuschmuggeln; so fügte er beispielsweise auf einem offiziellen Stempel dem Fez von Hassan II. eine Feder hinzu. Er fälschte auch die Stempel auf den Postkarten, die er seinen Freunden schrieb. »Hast du eine gute Reise gehabt?«, fragten sie dann, obwohl Ismail den alten Hafen nicht verlassen hatte.*

Hélène riss Guillaume das Buch aus der Hand, sie wollte nichts mehr hören, am liebsten hätte sie ihn geschlagen, ihn vor die Tür gesetzt, vor allem aber war ihr nach Weinen zumute. Guillaume konnte ihr noch so sehr versichern, der Betrug könne seiner Bewunderung für Sanders nichts anhaben, im Gegenteil, seine Reisen seien noch wunderbarer, wenn sie erfunden seien, Daniel Defoe habe London schließlich auch nie verlassen, und doch glaubte jeder an die Geschichte seines Robinson. Hélène hörte ihm nicht zu. An diesem Abend in dem Zimmer mit der niedrigen Decke wussten sie noch nicht, dass diese Entdeckung, die für sie eine jeweils vollkommen andere Bedeutung hatte, das Ende ihres Abenteuers ankündigte.

Am nächsten Tag holte Hélène Jonas von der Schule ab, um mit ihm in den Jardin du Luxembourg zu gehen, er hatte das kleine gelbe Taxi in der Tasche, das sie ihm aus New York mitgebracht hatte. Die Apfelbäume blühten, Jonas zeigte ihr in seiner Hand ein verknittertes Blütenblatt, das er im Flug aufgefangen hatte, sie sagte bravo, aber sie war in Gedanken woanders. Sie dachte an diese Postkarte, fragte sich, ob Daniel wirklich am Schwarzen Meer war oder nicht vielmehr in Little Odessa in New York oder in der Rue d'Odessa in Paris oder anderswo, alles war möglich, in Gedanken verschob sie ihn auf einer bunten Weltkarte. Und all die anderen Male, war er wirklich auf Reisen gewesen oder hatte er sie angelogen, sie und alle anderen, seit Monaten oder sogar seit Jahren, vielleicht immer schon. Diese Fragen gaben dem Zweifel neue Nahrung, der ihr auf dem Rückflug von New York gekommen war, bezüglich Daniel und Suzanne, bezüglich der Geburt von Alain, ihrem Vater. Wenn Daniel log, wenn man den Poststempeln nicht mehr trauen konnte, war nichts mehr sicher. Jonas war zu ihr gekommen und ließ das Taxi ihr Bein, ihren Arm hinauffahren, Hélène, woran denkst du, schau, mein Wagen, schau mich an, woran denkst du.

In dieser Nacht blieb Guillaume nicht. Sie nahm aus ihrer Schublade die beiden Postkarten, die Daniel ihr aus Feuerland und Mauretanien geschickt hatte. Sie wollte nur die Stempel überprüfen, sich vergewissern, dass ihr Großonkel kein Schwindler war. Als sie den ersten mit der Lupe betrachtete, sah sie, dass der violette Stempel NOUAKCHOT MAURITANIE ebenso unvollkommen war wie der ukrainische. Dann untersuchte sie die Karte aus Feuerland in der Hoffnung, wenigstens diese würde sie nicht enttäuschen. Wieso hatte sie es nicht sofort bemerkt, selbst mit bloßem Auge war auf dem Stempel deutlich ein *J* anstelle eines *F* zu erkennen, wodurch aus TIERRA DEL FUEGO TIERRA DEL JUEGO wurde, Spielland.

XXI

LECHAIM

Am 11. Juni, Pfingstsonntag, feierte die Familie Roche Suzannes siebzigsten Geburtstag in Saint-Ferréol. Ein langer Tisch war unter der offenen Scheune aufgestellt worden. Die Jungen, wie Hélène, kümmerten sich um den Service, es war sehr heiß, Tante Paule war unermüdlich in der Küche zugange, setz dich doch, Tante Paule, ja, ja, später. Die Gäste setzten sich, ihr Glas in der Hand, auf weiße oder grüne Plastikstühle, Suzanne war der Ehrenplatz zugewiesen worden. Ihre Söhne Alain und Thierry hatten die Idee zu dieser Geburtstagsfeier gehabt, zuerst hatte sie sich gesträubt, wozu, ohne Maurice, aber dann hatte sie sich überzeugen lassen, es hätte ihm sicher gefallen, dass sie ihren Geburtstag in Saint-Ferréol mit der ganzen Familie Roche feierte.

Hélènes Eltern waren da, natürlich, Antoine, ihr Bruder, mit seinem funkelnagelneuen Camcorder, Onkel Thierry, Cousins und Cousinen aus Saint-Amant-Roche-Savine, Nachbarn aus Saint-Ferréol, Freunde, mindestens dreißig

Personen, selbst Pascal, Tante Paules Sohn, hatte die Reise auf sich genommen. Daniel war nicht gekommen. Dabei hatte er es versprochen, doch er war nicht da. Seit seiner Rückkehr aus Odessa oder weiß Gott woher hatte Hélène ihn nur flüchtig gesehen, er blieb zu Hause und arbeitete, er musste dringend sein neues Buch beenden und seinem Verleger übergeben. Noch spät in der Nacht sah sie Licht hinter seinen geschlossenen Fensterläden, die er auch am Tag nicht öffnete. Am Morgen zog Madame Almeida die Müllcontainer in den Hof, wobei sie versuchte, so wenig Lärm wie möglich zu machen, um Monsieur Roche nicht zu stören, der Arme, er arbeite wie ein Sklave, *como um escravo*.

Zwischen den Gängen standen die Kinder vom Tisch auf und spielten Pétanque oder liefen wie Seiltänzer über den Stamm der großen Eiche, die der Sturm im Dezember entwurzelt hatte und von dem mittlerweile die Äste und Wurzeln entfernt worden waren. Antoine filmte die Gäste und das Festmahl, es war drei Tage gekocht worden, er filmte das Kommen und Gehen der Jungen, die servierten, und die Kinder, die im Garten verstreut waren.

Vor dem Dessert überreichte Alain Suzanne im Namen aller ein großes viereckiges Paket, das sie langsam und mit geheimnisvoller Miene aus dem Geschenkpapier befreite, obwohl sie ahnte, was es enthielt, einen wunderbaren Fotoapparat. Anschließend wurde die Torte gebracht, die bei einem Konditor in Ambert bestellt worden war, mit einer kleinen Marzipanplatte, *Herzlichen Glückwunsch zum Geburtstag*, und zwei Kerzen in Form einer sieben und einer null. Als alle ihr Stück bekommen hatten, klopfte Thierry mit dem Messer gegen sein Glas, und Hélène musste sofort an ihren Großvater denken, der bei Tisch stets auf diese Weise um Ruhe gebeten hatte, er hatte die gleiche Stimme, die gleiche ein wenig feierliche Ausdrucksweise. Thierry wurde ihm immer ähnlicher, er sprach über seinen Vater, und für ihn stimmte er *Le Temps des cerises* an, das Chanson, das Maurice bei jedem Festessen für seine Frau gesungen hatte, und die Alten stimmten im Chor ein, die Jungen kannten den Text nicht.

In diesem Augenblick hielt ein Taxi auf der Straße. Daniel schloss sich ihnen, bevor er in den Hof kam, am Tor stehend, an, indem er das Lied mitsang, *C'est de ce temps-là que je garde au coeur une plaie ouve-e-erte.* Als Thierry ihn aus dem Taxi hatte steigen sehen, war er verstummt.

Als das Lied zu Ende war, kam Daniel näher, die Kinder rannten auf ihn zu, und Antoine, etwas abseits, filmte die Szene. Als sie von ihm abließen, küsste Daniel Suzanne auf die Wangen. Sie war sehr bewegt, ich dachte, du kämst nicht, dann begrüßte er alle, na, Pariser, immer zu spät, du kommst zum Dessert wie die Kinder. Rasch wurde ein leerer Stuhl gefunden, und er bekam ein Stück Torte, er wischte sich die Stirn ab und blickte sich am Tisch um. Nach und nach setzten die Gespräche wieder ein. Er hatte sich ungewöhnliche Mühe gegeben, elegant auszusehen, gut frisiert, frisch rasiert, sein Hemd war neu, der Plastikfaden des Etiketts hing noch hinten im Kragen. Ein paar Kinder kamen und zogen ihn am Arm, damit er zu ihnen ans Ende des Tischs käme, um ihnen Geschichten zu erzählen, nur mit der Ruhe, nicht sofort.

Eine Cousine und eine Freundin sprachen Suzanne ihre Glückwünsche aus und hatten ein paar Worte des Gedenkens für Maurice, man sang, man stieß an, die Männer lehnten sich wegen der Hitze auf ihren Stühlen zurück, die Frauen fächelten sich mit Papptellern Luft zu.

Daniel erhob sich ebenfalls, er hatte noch nie auf einem Familienfest das Wort ergriffen, das war nicht seine Art. Ein volles Glas in der Hand, die leicht zitterte, widmete er ein Lied der Familie Roche, meinen Eltern Angèle und Joseph, meinen Schwestern, Maurice auch, dem Résistancekämpfer, meinem Schwager, meinem Freund. Alle wussten, dass Maurice und Daniel sich nie verstanden hatten, Hélène war ebenso wie die anderen von dieser Hommage überrascht, es war wie eine Versöhnung, eine Art, Maurice die Hand zu reichen, von einem Ufer zum anderen. Vielleicht war es auch eine Revanche, zu Lebzeiten seines Schwagers hätte Daniel niemals gewagt, auf diese Weise das Wort zu ergreifen, bis jetzt hatte er es vorgezogen, sich abseits zu halten, bei den Kindern, und seine übliche Rolle zu spielen, als wollte er denjenigen recht geben, die ihn als Clown bezeichneten, allen voran Maurice. Aus den Augenwinkeln beobachtete Hélène Thierry, der gewöhnlich so ruhig war, sie fand, dass er angespannt wirkte, er schenkte sich nach, auch Suzanne betrachtete ihn besorgt, sie wusste, dass ihr Sohn es vermied, zu viel zu trinken, weil ihm der Wein schnell zu Kopf stieg. Alain, der rechts von seiner Mutter saß, legte von Zeit zu Zeit eine Hand auf ihre, um sie zu beruhigen.

Daniel erhob sein Glas noch höher und sagte *lechaim*, auf Hebräisch bedeutet das »auf das Leben«, und die Gäste antworteten jeder auf seine Weise, dann trank er einen Schluck und begann zu singen, *Elle est à toi cette chanson, toi l'Auvergnat qui sans façons*, und alle, die es kannten, stimmten ein, sie waren zahlreicher als für *Le Temps des cerises*.

Thierry sang nicht, er betrachtete Daniel und zischte, er hat kein Recht, das zu singen, Hélène war nah genug, um es zu hören, trotz der Stimmen der Sänger. Suzanne bekam es ebenfalls mit, doch sie tat, als bemerkte sie nichts, und stimmte mit den anderen ein, *Qu'il te conduise à travers ciel au Père éternel.*

Am Spätnachmittag fingen sie an, vom Tisch aufzustehen, die Frauen schüttelten ihre Röcke, die durch den Schweiß an ihren Schenkeln klebten. Die Älteren setzten sich ins kühle Haus, während die Jungen die Tische abräumten und die Kinder sich mit Wasserflaschen bespritzten. Daniel war drinnen mit Suzanne und den anderen, sie setzten sich um den Küchentisch, Tante Paule, Hélènes Eltern und ein paar Cousins und Cousinen. Thierry war draußen geblieben, allein am Ende der großen Tafel, er hatte die angebrochenen Flaschen vor sich aufgereiht und bemühte sich, eine nach der anderen zu leeren. Als nichts mehr übrig war, ging er mit unsicherem Schritt zum Haus, auf halbem Weg blieb er stehen und hob einen Stein auf. Hélène war auf dem Weg nach draußen, um einen Stuhl zu holen, und er rempelte sie beim Hineingehen leicht an, er roch nach Wein und stellte sich zwei Schritte von der Tür entfernt hin, den Stein hinter seinem Rücken. Alle, die drin waren, drehten sich zu ihm um, Hélène verharrte auf der Schwelle, er sagte, und jetzt eine Rede für Daniel, meinen sogenannten Onkel. Seit Jahren schon will ich dich fragen, warum die schönsten Geschenke immer für Alain waren, nie für mich. Suzanne stand auf, sehr blass, Thierry, ich muss mich für dich schämen, und Alain umschloss ihren Arm mit einer Hand, als wollte er sie zurückhalten, lass ihn reden, Mama. Thierry redete sich in Wut, er sprach immer lauter, das Fahrrad mit zehn Gängen, die Stereoanlage und alles andere, du hast ihn immer vorgezogen, du hast ihn sogar verteidigt, wenn er unrecht hatte, kannst du mir erklären, warum, was hatte ich dir getan. Er brüllte jetzt, man erkannte ihn kaum wieder, sein Gesicht war dunkelrot angelaufen, aber du bist ja nicht mal mein Onkel, du gehörst nicht zu dieser Familie, du bist nicht von hier, verstehst du, also hau ab.

Daniel öffnete den Mund, um zu antworten, als Thierry plötzlich einen Schritt auf den Tisch zu machte, sein Bruder stand auf, um ihn aufzuhalten, doch der Jüngere war größer und stärker als der Ältere, er stieß ihn weg und brachte es trotz seines Rausches fertig zu zielen. Daniel konnte gerade noch zur Seite ausweichen, um den Stein nicht frontal ins Gesicht zu bekommen, er streifte ihn lediglich. Alle schrien, Suzanne lauter als die anderen, Daniel berührte seine Schläfe, er schwankte auf seinem Stuhl, aber er fiel nicht, er schrie nicht, er wiederholte nur immer wieder, schon gut, schon gut, er war blass.

Zwei Cousins waren aufgestanden, um Thierry zurückzuhalten, in dem Glauben, er würde sich auf Daniel stürzen, doch dieser hatte sich, als sei er über seine Geste erschrocken, plötzlich beruhigt und stand mit herabbaumelnden Armen mitten im Zimmer. Sie eskortierten ihn in den Hof, was er sich widerstandslos gefallen ließ. Daniel hatte eine ziemlich große Abschürfung, die Wunde war oberflächlich, blutete aber stark, und darunter begann sich ein Bluterguss zu bilden. Suzanne weinte, Paule sprach davon, in die Notaufnahme zu fahren, doch das lehnte Daniel ab, es sei nicht nötig. Paule holte den Verbandkasten, sie war immer noch die Hebamme, die die Wunden desinfizierte, und um ihre Schwester zu beschäftigen, bat sie sie, ihr zu helfen, und reichte ihr die Kompressen, obwohl ihre Hände zitterten, du schaffst es schon. Suzanne entschuldigte sich, sie sagte immer wieder, tut mir leid, als wäre es ihre Schuld. Daniel tätschelte ihren Arm, keine Angst, Suzon, es ist schon gut, er lächelte, sehr blass, braune Ringe unter den Augen, er sagte, erinnerst du dich, als ich dich das erste Mal gesehen habe, saß ich hier, auf diesem Stuhl, ja, ich erinnere mich, der rote Pullover, er lächelte, siehst du, ich hatte einen dicken Schädel, ich habe ihn immer noch.

Damit war die Sache erledigt. Es war schon verrückt,

was für ein Nervenbündel Thierry hinter seiner scheinbaren Ruhe war, vor allem seit seiner Scheidung, außerdem vertrug er keinen Alkohol mehr, alle wussten es, doch man konnte ihn mit fünfzig nicht wie ein kleines Kind überwachen. Zum Glück hatte Daniel so geistesgegenwärtig reagiert, er hätte schwer verletzt werden können oder Schlimmeres, doch Gott sei Dank war es nichts Ernstes.

Hélène, die immer noch in der Tür stand, sah Thierry draußen am Tisch mit seinen beiden Cousins, den Kopf zwischen den Händen, er schien zu weinen, danach würde er einschlafen, er schlief stets ein, wenn er getrunken hatte. Im Haus waren Paule und Suzanne rechts und links neben Daniel noch immer damit beschäftigt, ihn zu verbinden, Paule wickelte eine Binde um seinen Kopf. Alain sah ihnen reglos zu, ebenso blass wie der Verletzte, dann fasste er sich und wollte einen Scherz machen, um die Atmosphäre zu lockern, dieser Turban steht dir gut, ja, du hast recht, ich werde mir einen Bart wachsen lassen, das wirkt noch biblischer. Und es stimmte, der Verband verlieh ihm ein würdiges, irgendwie patriarchalisches Aussehen. Der Bruder und die beiden Schwestern stellten im Halbdunkel des alten Hauses eine dieser Szenen heiliger Vertrautheit nach, wie man sie auf alten Bildern findet.

XXII

DER MARABU SADI ALFA MANÉ

Im Grunde verzieh Hélène Guillaume nicht, dass er die gefälschten Stempel entdeckt und den Betrug bewundert hatte. Sie hatte jetzt die dreiundzwanzig Romane der Reihe *Das schwarze Zeichen* gelesen, sie hätte für jeden Band eine Nadel in die Weltkarte stecken können, Senegal, Japan, Kolumbien, Polynesien, wie man eine Flagge in einem eroberten Land in den Boden bohrt. Sie ertrug Guillaumes kindliche Begeisterung nicht mehr, seine Art, über diese Abenteuer zu sprechen, als wären es seine. *Das schwarze Zeichen* hatte sie einander nähergebracht, jetzt trennte es sie. Natürlich kannte er die Reihe noch immer besser als Hélène, doch sie wusste von etwas, von dem er nichts ahnte, von der Wut des Kaziken Umoro und der Carinaua auf Peter, und sie hütete sich, es ihm zu sagen. Sie hatte ihm auch nicht von der Szene in Saint-Ferréol erzählt, um das Bild der Familie Roche nicht zu trüben und vor allem um zu verhindern, dass Guillaume sich verpflichtet fühlte, Daniel zu trösten.

Sie entfernten sich langsam voneinander. Wochenlang taten sie so, als bemerkten sie es nicht, aßen weiterhin abends im *Lotus de jade* und landeten anschließend in ihrer Mansarde und segelten auf ihrer Dschunke über das Chinesische Meer, doch sie glaubten nicht mehr wirklich daran. Sie schliefen immer noch eng aneinanderschmiegt mit angewinkelten Beinen ein, doch im Laufe der Nacht trennten sich ihre Körper voneinander, ihre Ellbogen und Knie stießen gegeneinander, als wäre das Bett plötzlich zu schmal für zwei geworden, und sie wachten auf, als wären sie Fremde.

Nach Suzannes Geburtstag hatte Hélène Daniel in Paris nicht wiedergesehen. Da noch spät in der Nacht Licht durch seine ständig geschlossenen Fensterläden drang, wusste sie, dass er sein Buch beendete. Es beunruhigte sie ein wenig, dass er sich so in seiner Wohnung einschloss, seine Verletzung war oberflächlich, doch er hätte einen Arzt aufsuchen müssen oder wenigstens eine Apotheke, um den Verband wechseln zu lassen. Vielleicht vermied er es, aus dem Haus zu gehen, um nicht die Fragen der Nachbarn und Händler beantworten zu müssen.

Hélène hatte ihre Abschlussarbeit über Germigny-des-Prés abgegeben, doch es war die Periode der Jahresendexamen, tagsüber wurde sie im Institut geprüft, und abends lernte sie in ihrem Zimmer unterm Dach. Dennoch hatte sie Daniel einmal angerufen, um sich zu erkundigen, wie es ihm gehe, es gehe ihm ausgezeichnet, er habe keine Schmerzen mehr, er korrigiere sein Manuskript, ich bin spät dran, mein Verleger drängt mich, es ist eine Frage von Stunden. Sie hatte nicht darauf bestanden, ihn zu besuchen, sie wollte ihn auf keinen Fall stören.

Nach den Prüfungen reiste Guillaume nach Zentralasien, wo er den Sommer auf einer Ausgrabungsstelle verbringen wollte. Als Hélène ihn zum Flughafen Roissy begleitete, wusste sie wie er, dass dies ein Abschied für immer sein würde, doch sie umarmten sich, als würden sie sich bald wiedersehen. Sie beobachtete den Start seines Flugzeugs und wartete, bis es in den Wolken verschwunden war. Sie hoffte, die Entfernung würde die Trennung leichter machen, doch sie irrte sich. Jahre später sollte sie noch an ihn denken und sich an seine Kindereien erinnern, die sie zugleich rührten und ärgerten. Als Erwachsene akzeptierte sie endlich den Teil Kindheit, der in jedem von uns bleibt wie das Herz eines Baums unter der Rinde. Sie sagte sich, dass ihre Geschichte länger hätte dauern können, und ohne ihr wirklich nachzutrauern, blieb eine gewisse Wehmut.

Am Abend von Guillaumes Abreise unterhielt sich Madame Almeida im Hof laut mit einer Nachbarin. Sie bestand nicht mehr darauf, dass man leise war, Daniel hatte seinen vierundzwanzigsten Roman also beendet. Hélène hätte sich sehr gefreut, wenn er ihr sein Manuskript zum Lesen überlassen hätte, sie brannte darauf, von Peters neuesten Abenteuern zu erfahren. Als sie zu sich hinaufging, war ihr, als fehle ihr etwas, und sie fühlte sich fast hilflos.

Als sie sich spätabends mit einer Zigarette zwischen den Lippen auf die Fensterbank stützte und die letzten Sonnenstrahlen über den Dächern betrachtete, hörte sie, wie Daniel ein Fenster schloss. Es schien ihr, als würde sie hinter den Fensterläden ein ungewohntes Licht sehen, das wie eine Glühbirne kurz vor dem Durchbrennen oder eine erlöschende Flamme blinkte, ein paar Sekunden nur, dann wurde es dunkel. Sie sagte sich, dass Daniel nach so vielen durchwachten Nächten über seinem Manuskript vermutlich früh schlafen gegangen war, und dachte nicht weiter darüber nach.

In dieser Nacht träumte sie, dass sie bei ihm klingelte, die Tür öffnete sich von allein, sie ging hinein und fand ihn schlafend in seinem Sessel, sein Bart war gewachsen, er trug die graue Schirmmütze von Großvater Maurice, sie schüttelte und schlug ihn, um ihn zu wecken, er bewegte den Kopf auf der Rückenlehne, als wollte er nein sagen, öffnete aber nicht die Augen, sie hob die Mütze, und seine Schläfe fing wieder zu bluten an. Mitten im Traum wachte sie auf. Sie malte sich alle möglichen Katastrophen aus, eine Entzündung seiner Wunde, ein Blutgerinnsel, ein Schädel-Hirn-Trauma. Sie vergegenwärtigte sich Thierrys Geste und fragte sich, ob Daniel, mehr von der Beschimpfung als von dem Stein getroffen, nicht Selbstmord begangen hatte, nachdem er sein Buch beendet hatte. Das Licht, das sie wahrgenommen hatte, war vielleicht ein letztes Zeichen vor der Nacht gewesen. Sie fühlte sich schuldig, sie hätte hinuntergehen sollen, um nachzusehen.

Gewöhnlich wird es Tag, und die Sorgen der Nacht kommen einem lächerlich vor, doch an diesem Morgen war das Gegenteil der Fall. Hélène sah Daniel erhängt im Flur seiner Wohnung, zusammengesunken auf seinem blutüberströmten Schreibtisch, ertrunken in seiner Badewanne, sie wusste sehr gut, dass das ein schlechter Film war, aber sie konnte nicht anders, als den Bildern zu glauben. Mit dem löwenköpfigen Türklopfer pochte sie lange und schlug gegen die Fensterläden auf der Hofseite, dort, wo sie das Licht hatte blinken sehen, doch niemand antwortete. Sie rief ihn mit dem Handy an, durch die Tür hörte sie das Telefon in der Wohnung klingeln und den Anrufbeantworter, der sich einschaltete. Diesmal stellte sie der Concierge keine Fragen. Sie spürte, dass sie, falls Daniel etwas passiert war, die Einzige war, die ihm helfen konnte, sie musste eine Möglichkeit finden, in seine Wohnung zu gelangen, und sie wollte nicht die Feuerwehr rufen, um die Tür aufzubrechen. Irgendjemand musste doch einen Zweitschlüssel haben oder wissen, wo er war, einer seiner Freunde, die Bonbonverkäuferin, der Drogist, Élie Frailich, Prosper vielleicht. Sie erinnerte sich, dass Daniel ihr, als der Marabu ihr seine Visitenkarte gegeben hatte, gesagt hatte, sie solle seine Adresse nicht vergessen, sie könne ihr einmal nützlich sein. Sie hatte die Karte verlegt, doch den Straßennamen hatte sie sich wegen seiner Ungewöhnlichkeit gemerkt: 36, Rue de la Goutte d'Or.

Der Name weckte in der Tat Träume, doch es handelte sich um eine armselige Straße, noch enttäuschender als die Rue d'Odessa. Unter der Nummer 36, einem schönen, aber heruntergekommenen Haus, gab es ein Geschäft für Reiseartikel, das wohl dichtgemacht hatte. Hinten im Hof stand auf einem weißen Schild an einer Tür, von der die Farbe abblätterte, *Professor Mané, Sprechstunde nach Vereinbarung.* Noch bevor sie klopfen konnte, öffnete Prosper, er trug eine hellblaue Tunika, in der er noch größer wirkte, komm rein, Hélène, ich habe dich erwartet. Sie wollte ihm mitteilen, dass Daniel verschwunden war, doch Prosper hob die Hände, er sagte, ich weiß, und führte sie in einen kleinen quadratischen Raum, in dem eine Seite mit einem Vorhang abgetrennt war, und deutete auf ein Sofa. Er selbst ließ sich in einen Korbsessel ihr gegenüber sinken und saß eine Weile schweigend und mit geschlossenen Augen da. Hélène fand diese Langsamkeit unerträglich, sie hatte das Gefühl, dass er seine Rolle als erleuchteter Marabu übertrieb oder dass er sie absichtlich warten ließ, weil er sah, dass sie beunruhigt war. Er öffnete die Augen, sie solle sich keine Sorgen machen, Daniel sei nichts passiert, er habe sich nur erholen wollen. Sie war überzeugt, dass Prosper genau wusste, wo Daniel war, und hätte ihn am liebsten als Scharlatan bezeichnet. Sich erholen, was sollte das heißen, und falls ihr Großonkel sich bei Prosper versteckte, vielleicht befand er sich ja hinten im Zimmer, sie hörte jemanden atmen. Da sie auf den Vorhang starrte, zog er ihn zur Seite, da standen drei Betten, in einem von ihnen schlief ein junger Mann, das ist mein jüngster Sohn, er arbeitet nachts.

Prosper sprach leise in seinem Korbsessel, die langen

Hände auf den Knien, ich werde dir eine alte Geschichte aus meinem Land Casamance erzählen. Hélène zuckte die Achseln, er lächelte, ja, ja, die Jugend, immer ungeduldig, es wird nicht lange dauern, und es kann dir helfen, deinen Großonkel zu finden. In den letzten Jahren des Sklavenhandels wird eine junge Diolafrau mit ihrem Säugling, den sie auf dem Rücken trägt, geraubt. Die Sklavenjäger verbringen die Nacht mit ihren Gefangenen in der Nähe eines Dorfs, Bäuerinnen bringen ihnen Galettes und ein paar Krüge Wasser. Als die Sklaven weiterziehen, trägt die junge Frau statt ihres Kindes einen Krug. Die Wächter, die verhext worden sind, haben nichts bemerkt. Eine Bäuerin nimmt das Kind mit zu sich. Sie und ihr Mann ziehen es auf wie ihr eigenes. Der Junge wächst heran, er bekommt Kinder, Enkel, Urenkel, denen er manchmal die Geschichte seiner beiden Mütter erzählt, derjenigen, die ihn verlassen hat, um ihn zu retten, und derjenigen, die ihn aufgenommen hat. Ich bin einer dieser Urenkel. Ich denke manchmal an meine amerikanischen Cousins und Cousinen, die ich vermutlich nie kennenlernen werde.

Er habe diese Geschichte eines Tages Daniel erzählt, der sich von ihr übrigens zu einem seiner Romane habe inspirieren lassen. Daniel habe ebenfalls zwei Mütter gehabt, und auch ihn hätten seine Eltern, wie Moses, verlassen, um ihn zu retten, und deswegen habe er von Zeit zu Zeit das Bedürfnis, nicht mehr Daniel Roche zu sein, um wieder Daniel Ascher zu werden. Und genau das sei vermutlich gerade der Fall.

Prosper ging hinter den Vorhang und kam mit einem Schlüssel zurück, den er in der Hand behielt. Hélène stand auf, sie wollte nicht länger warten und fragte, ob Daniel nach Hause zurückgekehrt oder ob er in der Rue d'Odessa sei. Er ist sicher zu Hause, sagte Prosper, jedenfalls nicht in der Rue d'Odessa, er ist nie mehr dorthin zurückgekehrt. Als ihre Freundschaft begonnen habe, Ende der sechziger Jahre, sei das Viertel Opfer der Bulldozer geworden. In der Passage d'Odessa seien die Werkstätten, die noch eine Gnadenfrist gehabt hätten, in provisorische Theater umgewandelt worden, doch Daniel habe sich geweigert hinzugehen, er habe alles so in Erinnerung behalten wollen, wie es gewesen war. Als die Nummer 16 abgerissen werden sollte, habe er Prosper gebeten nachzuschauen, ob er ein paar Gegenstände an sich nehmen könne, Negative des Fotoateliers Ascher vielleicht, die sich noch in Schubladen befänden. Sie hätten bereits auf dem Bürgersteig Fotos gefunden, zwischen dem Müll, es ist schon verrückt, manchmal schmeißen die Leute ganze Alben weg. Daniel habe damals in dem kleinen Zimmer im fünften Stock in der Rue Vavin gewohnt, doch kurz darauf habe er auf Kredit die Wohnung im Erdgeschoss kaufen können. Damals habe man in dem Viertel noch wohnen können, ohne ein Krösus zu sein. Ich bin also in die Rue d'Odessa gegangen, ich habe gesehen, wie ein Bagger ein letztes Mauerstück abgerissen hat, alles war unter seinen Raupenketten zermalmt, es war nur noch Bauschutt zu sehen. Als ich all das meinem Freund erzählte, war er ganz niedergeschlagen, ich begriff, dass ich gerade einen alten Traum zunichtegemacht hatte, von dem er nie gesprochen hatte, nämlich eines Tages wieder in der Rue d'Odessa zu wohnen.

Prosper gab Hélène den Schlüssel, geh zu Daniel, wenn die Nacht hereingebrochen ist, nicht vorher, und geh allein, schließ die Tür hinter dir und suche geduldig, grabe wie ein Archäologe. Daniel ist nicht verschwunden, er hat nicht das Rote Meer durchquert, du riskierst nichts, wenn du seine Tür öffnest, da er mir den Schlüssel hat bringen lassen.

XXIII

RÜCKKEHR IN DIE RUE D'ODESSA

Sie wartete, bis es dunkel war, um zu Daniel hinunterzugehen. Die Tür war nicht verschlossen, als sie das Licht in der Diele anmachte, sah sie sofort den Parka am Kleiderhaken. Es roch leicht nach verbranntem Holz oder eher kaltem Rauch. Sie zog die Tür hinter sich zu, blieb aber in der Diele, sie wagte sich nicht weiter in die Wohnung hinein, aus Angst vor dem, was sie entdecken könnte. Nach und nach ging sie vorsichtig von einem Zimmer ins nächste, machte überall Licht, im Wohnzimmer, in der Küche, wo das Geschirr gespült worden war und die leere Spüle sie beunruhigte, ohne dass sie wusste, warum. Als sie das Schlafzimmer betrat, erschrak sie, ihr war, als läge ein lebloser Mann auf dem Bett, doch es waren nur zerknitterte Laken, welche die Form eines Körpers hatten. Sie ging noch einmal durch alle Räume und schaute überall nach, in den Wandschränken, hinter den Vorhängen. Von Daniel keine Spur.

Doch er musste ein Versteck haben, eine geheime Kammer, einen Keller vielleicht. Sie untersuchte den Boden des Abstellraums, des Badezimmers, hob die Teppiche an, das Tigerfell, ohne etwas zu finden. Im Schlafzimmer befanden sich zwei identische braune Koffer, der eine stand neben der Tür, der andere lag auf dem Parkettboden, bereit, gefüllt oder ausgepackt zu werden. Sie versuchte ihn hochzuheben, schaffte es aber nicht, er musste an den Dielen befestigt sein. Als sie ihn öffnete, war er leer, eine zusammengefaltete Reisedecke bedeckte den Boden und verbarg eine Falltür, die sie hochzog, und plötzlich drang Licht herauf. Eine Stimme erklang, die langsam eine Melodie ohne Worte summte.

Bevor sie durch die Öffnung schlüpfte, rief sie noch ein paar Male, Daniel, Daniel Ascher, immer lauter, aber niemand antwortete. Sie stieg die Holztreppe hinab und blieb in der Mitte des Zimmers stehen. Sie hatte erwartet, einen Keller vorzufinden, doch es war etwas ganz anderes, eine zweite Wohnung, kleiner und niedriger als die im Erdgeschoss, aber möblierter, bewohnter, lebendiger. Die Wände waren fleischfarben tapeziert, und der Boden war vollständig von Teppichen in warmen Farben bedeckt. Der Raum, in dem sie stand, war ziemlich lang, auf der einen Seite befand sich ein ganz im Stil der dreißiger Jahre möbliertes Esszimmer mit einem quadratischen Tisch mit abgerundeten Ecken, vier Stühlen, einem Buffet und auf der anderen ein Wohnzimmer mit Sofa, Sesseln, einem Bücherregal und einem geöffneten Plattenspieler, auf dem sich der Teller drehte. Jetzt hörte sie es besser, trotz des Knisterns des Saphirs, was sie für eine Stimme gehalten hatte, war ein Cello, das eine alte Melodie spielte, langsam und traurig wie ein Kaddisch. An der Wand hing eine Vitrine, die eine Sammlung von Mineralien enthielt, genau die gleichen wie ihre, als hätte Daniel alle zweimal gekauft, um ihr einen der Steine zu schenken und den anderen hier hineinzulegen. Auf der Vitrine stand ein alter jüdischer Kerzenleuchter aus Bronze. Das Merkwürdigste waren die zahlreichen Lampen, Wand- und Stehleuchten, überall gab es welche, kleine goldene Glühbirnen erleuchteten den Raum wie für ein Fest. Sie fühlte sich nicht als Eindringling, sondern im Gegenteil erwartet und willkommen, vielleicht wegen dieses ganzen Lichts, das die Abwesenheit von Fenstern vergessen ließ, und des etwas schweren Ambradufts, der vermutlich von einer brennenden Kerze auf dem Tisch herrührte.

In einer Nische befand sich eine kleine Küche, und unter der Treppe, hinter einem Vorhang, hingen tiefe Regale voller Lebensmittel und Vorräte aller Art, Kondensmilch, Konservendosen, Shampoo und Kekse und Dutzende Zuckerschachteln, aufgestapelt wie Ziegelsteine, genug, um eine Belagerung zu überleben. Abgesehen von diesen Vorräten war in dieser Wohnung nichts modern, sie war die minutiöse Rekonstruktion eines Vorkriegsinterieurs, selbst der Herd und die Töpfe stammten von damals, als hätte die Zeit stillgestanden.

Eine Tür führte in einen zweiten kleineren Raum, ockerfarben tapeziert, ein Schlafzimmer mit einem schmalen Bett an der Wand, Regalen mit alten Büchern und einem

Schreibtisch mit Stiften und Papier. In einer Ecke war ein Badezimmer mit einer Wanne mit Löwenpfoten eingerichtet worden, dort brannten ebenfalls alle Lampen. Als sie auf dem Nachttisch neben einem Jaz-Wecker, dessen Zeiger sich nicht bewegten, ein paar vergilbte Bücher sah, wurde Hélène sich plötzlich bewusst, dass nichts in dieser unterirdischen Wohnung an die Reisen erinnerte, keine gepackten Koffer, keine aus anderen Ländern mitgebrachten Gegenstände, keine Karten, keine Führer. So wie die obere Wohnung ein Durchgangsort war, so löste die untere, die Musik, die Teppiche, das warme Licht, die alten Holzmöbel und der schwere Ambraduft, eine Art Mattigkeit aus und weckte den Wunsch, zu bleiben und nie mehr wegzugehen. Daniel war nirgends zu sehen, doch der sich drehende Plattenspieler und die Kerzen deuteten darauf hin, dass er eben noch da gewesen war und ganz in der Nähe sein musste.

Auf der anderen Seite des Zimmers stand eine Tür einen Spalt offen, Hélène schob sie vorsichtig weiter auf, sie wusste, dass Daniel nicht dort sein würde. Es war das kleinste der drei Zimmer, die weißen Wände und die weiße Decke bildeten ein Gewölbe, sie waren mit Dutzenden von Schwarzweißfotos bedeckt, Porträts von Männern, Frauen, Kindern, Ehepaaren und Familien. Manche trugen die Signatur des Ateliers Ascher, andere nicht, doch sie wiesen alle eine Gemeinsamkeit auf, man erkannte einen Sessel, eine Säule, einen Teppich und vor allem die gleichen Posen, der Körper leicht schräg, der Kopf dem Objektiv zugewandt. Hélène fand Colette und Jim Peyrelevade wieder, an ihrem Hochzeitstag, mit dem kleinen Daniel im Schneidersitz in der ersten Reihe, und die Fotos der Familie Ascher, die man ihr bereits in New York gezeigt hatte. Alle waren auf mattem, feinkörnigem, gebrochen weißem Papier abgezogen und sehr sorgfältig retuschiert worden, wodurch das Oval der Gesichter etwas zu perfekt wirkte. Es handelte sich mit Sicherheit um Porträts, die von Daniels Eltern im Atelier Ascher in der Rue d'Odessa aufgenommen und bearbeitet worden waren. Sie hatte das Gefühl, dass all diese Gesichter sich ein bisschen ähnelten, dass sie sozusagen das Wohlwollen des Fotografen widerspiegelten in dem Moment, in dem er sie aufs Foto bannte.

In der Mitte des Raums lud ein brauner Ledersessel Hélène ein, sich zu setzten, seine Beine mussten abgesägt worden sein, er war so niedrig, dass sie das Gefühl hatte zu fallen. Ihr gegenüber stand in einem Rahmen ein Foto, das größer war als die anderen. Es war das letzte Porträt der Familie Ascher, aufgenommen an Daniels zehntem Geburtstag, das sie in kleinerem Format bei Mala Seligman gesehen hatte. Der Vater ähnelte Daniel, wie sie ihn kennengelernt hatte, als sie ein kleines Mädchen gewesen war, die Mutter lächelte ein wenig müde und trug ein dunkles Kleid und eine Brosche, und die Kinder hatten ihre Augen, mandelförmige Augen mit langen Wimpern, doch das Mädchen hatte ein zu spitzes Gesicht und einen zu strengen Blick, um wirklich hübsch zu sein, ihre kastanienbraunen Locken waren mit einer Spange zur Seite gesteckt, und sie trug eine gepunktete Bluse. Der kleine Bruder lächelte in seiner zugeknöpften Jacke mit den Augen, eine Haarlocke fiel ihm in die Stirn. In den Händen hielt er ein Buch, das so klein war, dass seine Finger den Umschlag fast vollständig verdeckten, doch auf diesem großformatigen Abzug konnte man das Wort *Welt* erkennen. Der Rahmen stand auf einem Regal zusammen mit drei brennenden Kerzen und einer Linie kleiner Kiesel.

Hélène betrachtete lange die vier Gesichter, sie suchte in ihnen so etwas wie Besorgnis, Leid, die Vorahnung des Unglücks, doch sie sah nichts, sie waren heiter, lächelten, einander angenähert durch die Pose und eine Ähnlichkeit, die durch die Retuschen vielleicht noch verstärkt worden war. Je länger sie sie betrachtete, desto mehr glichen sich Rywka, Hana und Daniel einander an und verbanden sich mit dem Spiegelbild ihres eigenen Gesichts im Glas des Rahmens. Sie wusste, dass sie am Ende angekommen war, weiter konnte sich nicht mehr gehen, als hätte man die letzte Schicht auf einer Ausgrabungsstelle erreicht. Sie würde Daniel nicht mehr suchen, sie hatte ihn gefunden. Sie war in der Nummer 16 der Rue d'Odessa. Das Gefühl der Mattigkeit, das den Ambraduft begleitete, wurde immer stärker und betäubte sie. Außerstande zu kämpfen, ließ Hélène ihren Kopf nach hinten auf die Lehne sinken und schlief ein.

Sie hatte keine Ahnung, wie lange sie geschlafen hatte. Das Geräusch einer Tür, die in der Ferne geschlossen wurde, weckte sie. Der Sessel war so niedrig, dass sie sich auf die

Armlehnen stützen musste, um aufzustehen. Ein frischer Luftzug war im Keller zu spüren und vertrieb den Ambrageruch und die lethargische Schwere, die ihn begleitete. Die Kerze im ersten Raum war erloschen. Ein großes Gemälde über dem Sofa erregte ihre Aufmerksamkeit. Sie hatte es vorhin nicht bemerkt, vielleicht weil es auf der Seite der Treppe hing. Es war Soutines *Das Mädchen mit dem Kerzenleuchter*, das gleiche wie in Hélènes Zimmer, aber in Großformat und Farbe. Das blutjunge Mädchen in einem hellgelben Kleid stand vor einer dunkelblauen Wand neben einer Menorah aus Bronze. Ihr Körper und ihr Gesicht waren verzerrt, als hätte der Maler sie durch Tränen hindurch gesehen, doch Hélène erkannte Hana mit ihren zur Seite gesteckten kastanienbraunen Locken und dem Gesicht, das zu spitz war, um wirklich schön zu sein. Ihre Hände, die auf den Schenkeln ruhten, warfen einen scharlachroten Schatten auf den hellen Stoff des Kleides wie zwei Blutflecke. Das Licht in ihren Augen war glühend rot, als betrachte sie einen Brand. Hélène wurde jetzt klar, was an diesem Porträt so unerträglich war. Soutine hatte all das gemalt, was man auf Fotos nicht sehen konnte, auf diesen zu glatten, zu retuschierten Bildern, die sich in Illusionen und Lügen wiegten. Er hatte die künftigen Qualen prophezeit, das Blau des geschundenen Fleisches, das Rot der Wunden und die Feuerstürme.

Hélène stieg langsam über die Holztreppe nach oben und durch die Falltür des braunen Koffers ins Schlafzimmer. Der andere Koffer war nicht mehr da. Sie sah sich nicht noch einmal in der Wohnung um, sie wusste, dass Daniel gegangen war. Auf dem Anrufbeantworter waren vier Nachrichten, darunter ihre, doch sie erkannte ihre Stimme nicht. Eine Nachricht war von Prosper, *Allah y hafdek, mein Bruder, Gott beschütze dich, ich wünsche dir eine gute Reise.* Die beiden anderen waren vom Verleger, die letzte vom selben Tag, *Daniel, hören Sie auf, Ihren Text zu überarbeiten, lassen Sie ihn mich lesen, ich bin sicher, dass er gut ist. Sie sagen, es sei nicht wirklich ein Abenteuerroman, er sei zu persönlich, aber gerade das werden Ihre treuen Leser lieben. Ich habe Ihnen einen Kurier geschickt, Sie haben nicht geöffnet. Ich fange an, mir Sorgen zu machen. Melden Sie sich, Daniel, es ist dringend.*

Vielleicht hatte er sein Manuskript auf dem Schreibtisch liegen gelassen. Sollte sie es finden, wäre sie die erste Leserin. Doch sosehr sie auch suchte und alle Papiere umdrehte, sie konnte es nicht entdecken. Alle Dateien waren vom Speicher des Computers gelöscht, nur Planetenbilder zogen endlos über den Bildschirm. Sie suchte zwischen den Heften und Notizblöcken, die herumlagen, in der Hoffnung, einen Entwurf oder Fragmente zu finden, die ihr wenigstens eine Idee vom letzten Roman des *Schwarzen Zeichens* geben würden. Lange betrachtete sie die Schemata, Zeichnungen und Pläne, die er gezeichnet hatte, und strich Papierkugeln glatt. Ganz offensichtlich hatte er sich nicht zwischen einer Erzählung in der ersten und dritten Person, zwischen Peter und Daniel entscheiden können. Aus dem Papierkorb holte sie eine Liste mit durchgestrichenen

Titeln, *Peters Kindheit*, *Der Fall des Hauses Ascher*, *Daniel Aschers Reisen*, *Daniels letztes Buch*.

Der Brandgeruch, den sie wahrgenommen hatte, als sie hereingekommen war, kam aus dem Kamin im Wohnzimmer. Die Klappe stand einen Spalt offen. Auf kleinen verkohlten Holzscheiten lag ein dickes Konvolut verbrannter Blätter, auf dem Deckblatt konnte sie lediglich *Für H* entziffern, der Rest war unleserlich. Sie streckte die Hände aus, um das Manuskript herauszunehmen, doch als sie es berührte, löste es sich zwischen ihren Fingern auf und zerfiel zu Asche. Ein grau-schwarzes Pulver, unendlich leicht, das durch die Luft schwebte und sich auf dem Parkett verteilte, war alles, was von Daniels letztem Buch übrig blieb. Hélène kauerte einen Augenblick vor dem Kamin, zu erschöpft, um aufzustehen. Wäre sie früher gekommen, hätte sie das Manuskript retten können. Mühsam richtete sie sich auf und stützte sich auf den Kaminsims. Dort, auf dem Marmor zwischen dem ausgestopften Alligator und einem chinesischen Terrakottasoldaten, lag etwas. Es war ein unscheinbares kleines Buch, nicht größer als ein Zigarettenetui. Der Titel, *Der kleinste Weltatlas*, war deutlich zu erkennen vor einem Hintergrund aus ziegelroten Kontinenten und hellgrünen Meeren. Auf dem Vorsatzblatt erkannte sie die energische Schrift von der Postkarte aus Drancy. *2. Juni 1942, für meinen kleinen* שלעמיל *zu seinem zehnten Geburtstag, damit du von Reisen träumen kannst, deine Schwester Annette.*

In der Diele hing der beigefarbene Parka nicht mehr

am Kleiderhaken. Hélène ging in ihre Wohnung hinauf, in ihrer Tasche *Der kleinste Weltatlas.*

Im Licht der Lampe blätterte sie in dem Büchlein. Manche Seiten wiesen Bleistiftanmerkungen in einer außergewöhnlich kleinen Schrift auf, doch mithilfe der alten Lupe mit dem Horngriff vermochte sie sie zu lesen.

Auf der ersten Weltkarte füllten Zeilen das Hellblau der Meere und Ozeane aus, *ich habe viele Geschichten erzählt, niemals meine, ich habe mir dreiundzwanzig Abenteuer ausgedacht, aber als ich das letzte, das echte schreiben wollte, dasjenige, das bleibt, das dableibt, das stumm bleibt, das lebendig bleibt nach all den anderen, konnte ich es nicht, meine Erinnerung verriet mich, ich verriet ihre Erinnerung, ich verzichtete aus Angst, ihnen nicht gewachsen zu sein, kann man den Toten gewachsen sein, ich habe meine Blätter genommen und sie verbrannt, vielleicht wird ein anderer dieses Buch eines Tages an meiner Stelle schreiben können,*

auf der Karte der europäischen UdSSR nahm ein winziges Textband seinen Anfang am Schwarzen Meer, dort, wo der Name *Odessa* stand, und spulte sich wie folgt ab, *Odessa, das ist der Name einer orientalischen Prinzessin, die in Paris prächtige Bäder hat bauen lassen, geschmückt mit Smaragden und Türkisen, mein Vater nimmt mich freitagabends dorthin mit*, und dann wanderten die Worte hinauf nach Norden, umrundeten Kiew, Minsk und Smolensk, durchquerten Russland und verloren sich in den eisigen Ebenen in der Gegend von Archangelsk an den Ufern des Weißen Meeres,

Deutschland versetzte dem rosa Fleisch Polens heftige Faustschläge, Kamieńsk, zu klein, um dort vermerkt zu sein, war mit der Hand südlich von Lodz hinzugefügt worden, die engen Maschen der Bahngleise ließen den Worten wenig Bewegungsspielraum, *im Labor zählt mein Vater die Sekunden auf Polnisch, dwa, trzy, cztery, weil das Polnische genau die richtige Länge hat, er, meine Mutter und meine Schwester erzählen sich Geheimnisse auf Jiddisch, sie halten mich für einen Schmock*,

von Jerusalem aus wagten sich die Sätze in den Orient und nach Arabien, liefen durch den trockenen Sand von Hedschas und Nadschd, *jedes Jahr drängen wir uns zum Segen am Jom Kippur unter den Gebetsschal meines Vaters wie unter ein Zelt, und der Hof der Synagoge ähnelt in klein einem Lager in der Wüste*,

am Ende der Aufstellung *Rassen und Religionen*, unter der Spalte *Katholiken, Israeliten, Konfuzianer* eine einzige Linie, *eines Tages an der Tür meines Bads Verboten für Juden, der Weltuntergang*,

die Liste der wichtigsten Fortbewegungsmittel, Eisenbahnlinien, Handelsflotten ließ den Worten gerade mal genug Platz, um sich zwischen die Namen und Zahlen zu schieben, *Annette, meine Schwester, hat sie nicht kommen sehen, meine Schwester, die mir ferner war als Paule oder Suzanne, ich habe nie das Zimmer mit ihr geteilt, nichts von ihren Träumen gesehen, Hana, sieben Jahre älter, sieben Jahre klüger, nimm dir ein Beispiel, Daniel, du, der du niemals hörst, eifersüchtig auf diejenige, die ihrer Mutter folgte, eifersüchtig sogar auf ihren Tod,*

um Frankreich zu sehen, musste man den Atlas neigen, der Falz durchschnitt das Land horizontal, die Sätze schlängelten sich entlang der Küsten und zeichneten auf den Meeren ein immer stärker gewundenes Labyrinth, *die Frau, die mich begleitet, liest die Zeitung, ohne umzublättern, ich kenne ihren richtigen Namen nicht, wir nehmen mehrere Züge, gehen lange durch die Dunkelheit, manchmal wird meine Angst stärker, manchmal vergesse ich sie, in einer mondlosen Nacht durchquere ich einen Fluss, vermutlich den Cher, im Boot eines stummen Fährmanns, der geräuschlos rudert, der Strom ist breit wie ein Meer, am anderen Ufer erwartet mich eine andere Frau, schwarz gekleidet, Daniel Ascher ist zu Daniel Roche geworden*, die beiden Seiten, die sich etwas überlappten, verbargen einen ganzen Streifen Land, dort wo sich Clermont-Ferrand und Ambert hätten befinden müssen, *das Livradois ist unsichtbar, es ist der sicherste Ort der Welt, dort werden sie mich niemals finden,*

Linien überfrachteten die Aufstellung der größten Inseln und höchsten Gipfel der Welt und quetschten sich an die

Ränder, *als der Wagen hält, nimmt eine Frau meinen Koffer und zieht mich unter ihren Regenschirm, im Haus spricht eine alte Frau mit mir, als wäre ich ein kleines Kind, er ist nass, man muss ihn umziehen, gib ihm eine Schale Milch, das ist Oma Guyon, das ist Angèle, manchmal legt er eine Hand auf meinen Kopf, er hat sich immer einen Sohn gewünscht, der den Hof seines Vaters und Großvaters übernimmt, kann ich dieser Sohn sein,*

entlang der zerklüfteten Küste Skandinaviens, auf der gewundenen Zeichnung der Ostsee eine immer gedrängtere Schrift, kaum zu lesen, *in Saint-Ferréol spielen die Jungs im Winter In-den-Schnee-Pissen, ich laufe zu ihnen, die Hand am Hosenschlitz, in der letzten Sekunde besinne ich mich, euer Spiel ist blöd, niemand hier hat mich nackt gesehen, nicht einmal Angèle, ich wasche mich ganz schnell, vor allem im Winter, mein Dreck hält mich warm,*

weitere Sätze verlaufen im Zickzack zwischen den Archipelen Ozeaniens, *um in meinem kleinen Atlas die Namen der Archipele von Mikronesien lesen zu können, leihe ich mir behutsam die Brille von Oma Guyon aus, die in ihrem Sessel eingeschlafen ist, Salomon-Inseln, Erromango, Vanua Levu, ich segele ein paar Minuten zwischen den Atollen, hier, Oma, deine Brille, du warst eingeschlafen, nein, mein Kleiner, ich habe nicht geschlafen, ich habe mich ausgeruht, selbst wenn sie schnarcht, schläft Oma Guyon nicht,* auf den Listen der Durchschnittstemperaturen von Algier bis Spitzbergen, der bevölkerungsreichsten Staaten, der meistgesprochenen Sprachen, die wenig weißen Raum ließen, bahnten sich die Worte mühsam einen steilen, holperigen Weg, *ich weiß nicht mehr, wann ich aufgehört habe, auf ihre Rückkehr zu warten, lange Zeit kommen die Eltern in meinen Träumen zurück, und ich erkenne sie nicht, oder ich weigere mich, mit ihnen zu gehen, ihre Blicke werfen mir vor, dass ich ohne sie glücklich gewesen bin, ich sehe meine Eltern, niemals meine Schwester,*

auf der Seite der Zeitzonen, eine weiß-rot-gestreifte Welt, liefen die krummen Linien des Bleistifts über die Weite des Südpolarmeeres auf den Südpol zu, immer überstürzter, unordentlicher, was die Lektüre erschwerte, *der Nomade sein, der Mann ohne Schatten, den Ort nicht kennen, das Datum nicht kennen, keine yahrzeit, kein Kaddisch, nicht wissen, wie sie gestorben sind, und sich alle möglichen Toten vorstellen, ewig, glaubten sie, sie würden eine Dusche nehmen, hielten in ihrer erstarrten Hand noch ein Stück Seife, sich den Augenblick vorstellen, in dem sie begriffen, hoffen, dass es später möglich sei, gerade so lang, um das Sch'ma Israel zu rezitieren und sich den Kopf zu bedecken, doch womit bedeckt man sich den Kopf, wenn man nackt ist,*

auf den weiten Ebenen Nordamerikas kamen die Worte wieder zu Atem, *ich habe einmal einen Bericht über die Indianer gelesen, die überallhin, in Decken gewickelt, die*

Knochen ihrer Toten mitnahmen, ich bin ein Indianer, und auf dem Blau des Atlantiks, entlang der Küste, *meine Tante Mala nimmt mir das Versprechen ab, sie vor ihrem Tod noch einmal zu besuchen, sie will mir etwas anvertrauen, sie ist so alt, sie muss erschöpft sein nach all diesen Jahren, die sie anstelle ihrer Schwester gelebt hat, wenn ich nach New York zurückkomme, wird sie endlich sterben können,*

in Südamerika durchquerten Sätze die Nebenflüsse des Amazonas, Purus, Madeira, Tapajós, Xingu, fuhren ins Blaue, *um die Geschichte von Peter Schlemihl zu erzählen, suche ich ein Pseudonym, Ascher passt gut im Hebräischen, ein Name, an dem man schwer trägt, auf Französisch evoziert er* la hache, *die Axt, die das Fleisch zerhackt* (hachèrent la chair), *auf Deutsch* die Asche, *aus einem bleiernen Namen mache ich ein Pseudonym, H.R. Sanders evoziert den Sand und die Asche, aber ich habe auch den Namen der Roches behalten, die mir das Leben gerettet haben,* roch' *bedeutet Kopf auf Hebräisch, ich bin Fleisch, Kopf und Asche, alles zugleich,*

unter den Index, der einen weißen Raum freiließ, waren sorgfältig Verse aus *Der Prophet Daniel* geschrieben worden,
man suchte Daniel und seine Gefährten, um sie zu töten,
all jene, die in dem Buch standen,
sie wurden gebunden und in den glühenden Ofen geworfen,
der Wind wehte sie fort, ohne eine Spur zu hinterlassen,

und sie zogen Daniel aus der Grube heraus, und man fand keine Verletzung an ihm,

und am Ende des kleinen Buchs, auf der letzten, unbedruckten Doppelseite, gedrängte Zeilen, *heute Nacht, Hana, habe ich zum ersten Mal seit vielen Jahren endlich von dir geträumt, du hast auf dem Sofa im Wohnzimmer geschlafen wie damals, als ich dich weckte, um dir am Sonntagmorgen einen Streich zu spielen, und du mich einen kleinen Idioten nanntest, aber diesmal hast du nicht mit mir geschimpft, du bist aufgestanden, du warst so, wie ich dich das letzte Mal gesehen hatte, ich war glücklich, überglücklich, ich sagte dir, du lebst also, und ich glaubte, was hast du geglaubt, kleiner Idiot, ich war in dem Zimmer dort oben, du hast mir das Haar zerzaust, wo kommen all die grauen Haare her, kleiner Schlemihl, mit zehn, und da flüsterte ich, das sind die Haare eines Großvaters, vor langer Zeit hat meine verwandte Seele mir insgeheim einen Sohn geschenkt, und er hat zwei Kinder gezeugt, seine Tochter ähnelt dir, sie hat deine Augen, Hana, du kannst ganz ruhig schlafen, eines Tages werden unsere Nachkommen ebenso zahlreich wie die Sterne am Himmel sein.*

EPILOG

16. Juli 2012

Sie hatte die Kassette mit dem Datum 11. Juni 2000 zwischen den anderen nie bemerkt. Sie schiebt sie in den Videorekorder, und zwölf Jahre alte Bilder erschienen auf dem Bildschirm. Ihr Vater, der lacht, mit leichter Stirnglatze, die kleinen Cousins und Cousinen, die über einen Baumstamm laufen, die Arme seitlich ausgestreckt, ihre Mutter, sie selbst, ein Tablett in der Hand, die Zunge herausgestreckt vor der Kamera, sie waren alle so jung gewesen. Die Gäste erheben ihr Glas, die Frauen fächeln sich Luft zu, jemand ruft, Antoine, film das, man sieht die Torte in Großaufnahme. Sie singen *Le Temps des cerises*, die Kamera umrundet den Tisch, richtet sich auf das Tor und nimmt Daniel auf, der ebenfalls singt, *ne saura jamais calmer ma douleur, wird niemals meinen Schmerz lindern können.*

Dann begibt sich die Kamera hinter das Haus, nach hinten in den Garten, man erkennt die Gestalten von Daniel in einem hellblauen Hemd und von Suzanne in einem geblümten Kleid, im Schatten der Apfelbäume, es ist vor dem Streit mit Thierry, Daniel trägt keinen Verband. Ein Zoom fährt sie heran, doch das Bild ist instabil, man kann ihre Gesichtszüge nicht erkennen, sie sind zu weit weg, um sie zu verstehen, Daniel legt eine Hand auf Suzannes Schulter, sie schüttelt den Kopf, berührt seine Wange, die Bewegung ihrer Schultern deutet darauf hin, dass sie weint, er geht noch näher an sie heran, sie öffnet die Arme, und der Film bricht ab.

Hélène sieht sich die Szene nochmals an, versucht die Gesichter zu erkennen, auszumachen, ob Suzanne schon weint, bevor Daniel zu ihr kommt, doch vielleicht fasziniert sie etwas anderes, was sie niemals hätte sehen dürfen. Sie betrachtet sie ein weiteres Mal, und noch einmal, diese zittrigen Bilder, diese stummen Gestalten im Schatten des Obstgartens, die Bewegung der beiden Körper aufeinander zu wie ein unterbrochener, in der Schwebe bleibender Tanzschritt.

Sie schaltet den Fernseher aus und lehnt sich im Sessel, dem einzigen Sessel im Wohnzimmer, zurück. Seit zwölf Jahren hat sich nichts verändert, das Tigerfell verliert seine letzten Haare, der Alligator auf dem Kamin verbleicht, der Jivaro mit den zugenähten Lippen verstaubt langsam, und überall in Daniels Wohnung türmen sich wie früher die Bücher, Weltkarten und Zeitungen. An dem Tag, an dem er von der Reise zurückkommt, falls er jemals zurückkommt, wird er seine Rumpelkammer so vorfinden, wie er sie verlassen hat.

Im Sommer ihres siebzigsten Lebensjahrs nahm Suzanne zum ersten Mal ein Flugzeug, um den Gesang der Wale im Mündungsgebiet des Sankt-Lorenz-Stroms zu hören. Sie schickte Hélène eine Postkarte mit dem Postskriptum *Der Poststempel ist WIRKLICH echt*. Seitdem ist sie viel gereist, nach New York, nach Verona, nach Odessa, nach Jerusalem, sie brachte jedes Mal schöne Fotos mit und vergaß nie, eine Postkarte zu schicken. Hélène weiß, dass Suzanne ihr nicht alles erzählt, sie weiß, mit wem sie sich an jedem Reiseziel trifft, doch sie ist ihr nicht böse, dass sie dieses letzte Geheimnis für sich behält.

Auch sie hat in den zwölf Jahren ferne Länder besucht, auf Ausgrabungsstätten gearbeitet, Berge von Gebeinen ausgegraben und vor allem Tausende und Abertausende von byzantinischen Mosaiksteinen zusammengeklebt, ihr Fachgebiet. Sie hat den Schlüssel von Daniels Wohnung behalten und verbringt manchmal ein paar Stunden hier, wenn alle glauben, sie sei auf Dienstreise. Sie geht in den Keller hinunter und setzt sich auf den niedrigen Sessel in dem gewölbten Raum mit den Fotografien, manchmal schläft sie sogar dort.

Doch heute bleibt sie, nachdem sie sich das Video angeschaut hat, im Wohnzimmer. Unter der Lampe wirbeln Staubkörner. Mit Sicherheit mischen sich immer noch winzige Teilchen des verbrannten Manuskripts darunter. Es ist noch immer da, schwebt in der Luft, ein Hauch würde genügen, damit es herumwirbelt und im Licht schimmert.

Hélène setzt sich an den Schreibtisch. Sie spitzt einen

Bleistift in dem Anspitzer mit der Kurbel, bis er so spitz ist wie eine Harpune. Sie öffnet ein leeres Heft, stützt die Unterarme zwischen den Stapeln von Büchern, Karten und Notizheften auf, und der Bleistift in ihren Fingern beginnt, über das weiße Meer des Papiers laufend, die Geschichte von Daniel Ascher zu schreiben.

BEREITS ERSCHIENEN IN DER REIHE »DAS SCHWARZE ZEICHEN«

Die Fährleute des Amazonas
Auf dem Weg nach Transsylvanien
Die Krieger von Mururoa
Die Hütte von Tante Lucie
Die Diamanten von Madagaskar
Der Gefangene von Mumbai
Die Erben des Negus
Angst auf dem Orinoco
Amerika oder der Tod
Der Fluch des Machu Picchu
Die Drei Tiger der Taiga
Honig, Milch und Pulver
Für eine Handvoll Perlen
Die blutigen Teppiche von Lahore
Die schwarze Kobra von Borneo
Der ganze Honig von Casamance
Seelenverkäufer von Bangkok
Die Vergessenen von Myanmar
Der Skarabäus von Henuttaneb
Der Ruf Gibraltars
Treffen in Soweto
Die Terrakottaarmee von Xi'an
Diebstahl im Garten der Flüchtlinge

DANKSAGUNGEN

Ein ganzes Team hat am Abenteuer dieses ersten Romans teilgenommen und ihm geholfen, in See zu stechen und den Kurs zu halten. Mein Dank geht insbesondere an:

Jérôme dafür, dass er mich durch alle Stürme begleitet hat,
Émile, dessen treffende und scharfsinnige Antworten erhellend für mich waren,
Irène, die von Anfang an an Daniels Geschichte geglaubt hat,
Georges für die Klugheit seiner Bemerkungen und sein erzählerisches Gespür,
David für seine Klugheit und sein großes Wissen,
Suzanne für ihre kundige Lektüre und ihre unschätzbaren Ratschläge,
Ruth, deren Treue und Wohlwollen dieses Buch inspiriert haben,
Franck, ohne den der Roman den Weg von Aschers Manuskript genommen hätte,
Marie und *Michel* für ihre Herzlichkeit und ihr auvergnatisches Licht,

Caroline für ihre ständige und tatkräftige Unterstützung,
Catherine für ihren Weitblick und die Treffsicherheit ihres literarischen Gespürs,
Pascale für all die Ermutigungen und ihre wertvollen Ratschläge,
Alexandre für die Genauigkeit seiner Lektüre als Historiker,
Émilie für ihr Vertrauen, ihr Engagement und ihre Geduld,
und all jene, deren Namen hier nicht genannt werden, aber die sich wiedererkennen werden.